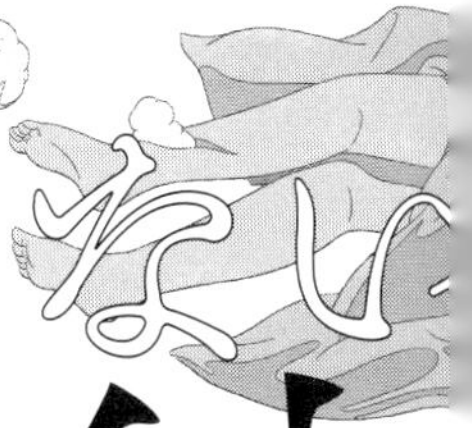

動くはずのない死体

The Corpse that Shouldn't move

森川智喜
短編集

MORIKAWA Tomoki
collection of short stories

光文社

動くはずのない死体

森川智喜短編集

カバーヴィジュアル　桂川峻哉
装幀　坂野公一（welle design）

目次

幸せという小鳥たち、　希望という鳴き声

リタ　いいのよ　他にドレスは？
デボラ　軍服だけ
リタ　さあ　立って
花を取るわ
ハサミは？

映画『三人の妻への手紙』
監督＝ジョセフ・L・マンキーウィッツ

●五月十一日　午後六時●

鵜川《うかわ》二咲《にさき》は信号待ちのとき、車内に流れる音楽のリズムにあわせて、ハンドルをひとさし指でとんとんと叩《たた》く。自分の半生をふりかえりながら。

（私は夢を叶《かな》えた。子供のころからの夢を叶えたのよ……）

夢は、洋菓子メーカーを作ることだった。

そして今日《きょう》、二咲は洋菓子メーカー〈ペタルペタル〉のＣＥＯである。

夢は叶ったのだ。

しかしながら――ハサミでずたずたにされたドレスのことを思いだす。ペタルペタル創立二周年記念パーティーのためにこだわり抜いて用意したドレスだったのに。

ドレスの傍《そば》には手書きカードが落ちていた。

姉の一叶《いちか》が書いたカードだ。

　おめでとうございます。

幸せという小鳥たちが、

希望という鳴き声を森に響かせます。

という文面。最高の皮肉である。

一叶とは、じっくり話をせねばなるまい。

●同日　午前七時●

鵜川二咲をホテルのエントランスの前で降ろして、部下の運転する車は駐車場のほうに消えた。

二咲は回転ドアをくぐり、ロビーに立つ。

ロビーを見渡しながら、ついにここまで来れた、と二咲は誇らしく思う。今日、このホテルでパーティーがある。二咲が創設した洋菓子メーカー〈ペタルペタル〉の二周年記念パーティーだ。

二咲は今年二十九歳。

自分が洋菓子の世界で働くといいだしたのは何歳であるか、二咲は覚えていない。遅くとも小学校のころには〈ケーキ屋さんになりたい〉と答えたことがあったように思う。しかしそれはとくに考えもなく〈将来の夢は？〉と訊《き》く大人たちに反応して、思いつきで答えただけ。本気度は小さかった。

転機となったのは中学生のとき。図書館でふと手にした雑誌で、社長として活躍する女性たちの特集記事が組まれていて、某洋菓子メーカーの社長のインタビューがその中にあった。清楚《せいそ》だが目をひくおしゃれな服。ウィットに富む話。ひとめ惚《ぼ》れだった。こういうおしゃれな大人になりたい、と二咲は考えたのである。

――将来ケーキ屋さんになりたいという女の子は多いのですが、馬鹿な大人はその夢のことをメルヘンのような夢だとみなします。でも、ケーキを作って売る、これは経済を回す立派なビジネス。魔法使いになりたい、ウルトラマンになりたい、その手の子供の夢とはぜんぜん違う話なんです。若い人には、メルヘンのような夢ではないんだ、と自信を持って積極的に業界に参入してきてほしいですね。――と、べつにその社長は二十代で起業したわけではないのだが、記事の中でこんなようなことをいっていた。一言一句を覚えているわけではないけど、だいたいそんな内容。昔に何気なく口にした〈ケーキ屋さんになりたい〉という言葉が二咲の中で急速に存在感を増すようになった。

大学の商学部を卒業したあとはフランスに住まいを移し、日本人パティシエが経営するケーキ屋で働かせてもらった。雑用がメインではあったが、パティシエの仕事を間近で見学できた。

数年働いていると、両親の訃報が日本から届いた。交通事故だ。それをきっかけに日本に住まいを戻す。もともと日本でいつか起業するつもりだったのだ。中途採用枠で洋菓子メーカーに就職してコネを作ったのち、二年前、ついに起業した。

社名〈ペタルペタル〉は、花びらという意味のフランス語〈ペタル〉を二つ並べたものだ。〈二咲〉という自分の名に由来する。

ロビーには、すでに案内が立てかけられている。〈株式会社ペタルペタル創立二周年記念パーティーの御出席者様はこちら〉。一般宿泊客らしき姿もあったが、彼らがのんびりしている横で、早足で通りすぎる人たちがいた。パーティーの設営スタッフたちだ。ホテル側とペタルペタル側、両方から数人ずつ集まって設営スタッフのチームを作ったのであった。

「おはようございます、鵜川様」

声をかけられ、二咲はふりかえった。

河西《かわにし》である。ホテル従業員であり、設営スタッフのホテル側のチーフ。ひょろっとしていて、えくぼの深い紳士だ。二咲より干支《えと》一周ぶん上だと聞いている。

二咲は挨拶をかえす。

河西は早速、てきぱきと、

「設営のほう、ほとんど終わっております。あと、お召しもののほうが先ほど届きましたので、控え室に運ばせておきました。確認していただきたいのですが、いっしょに来ていただけますか？」

「あのう、忙しいようでしたら、私一人で確認しておきますが……」

「左様ですか？　ありがとうございます。ではすみませんが、そうしていただけると、助かります。こちらが控え室のカギです。クローゼットにかけてありますので」

二咲はカギを受け取った。

このとき河西の後ろから、べつの男が姿を現して、

「社長！　おはようございます」

彼は関澤《せきざわ》、ペタルペタルの社員だ。設営スタッフのペタルペタル側のチーフ。去年中途採用した男で、二咲より二つ年下。

「おはよう。どう、河西さんの足をひっぱったりしていない？」

二咲が冗談をいうと、関澤は苦笑いをした。横から河西が勢いよく、

「足をひっぱるだなんて、とんでもないですよ。つきっきりで設営にご協力くださっているため、たいへんスムーズに事を進めることができております」

「そうですか。それはよかったです。――ありがとう、助かるわ、関澤君」

関澤は小さく頭をさげた。

社長という立場上、二咲はときどき部下を厳しく叱る。今回〈足をひっぱったりしていない？〉と口にしたのは冗談なのだが、同じような言い回しで本当に叱ることはある。つい先日も、関澤が広告デザイン会社とトラブルを起こしてしまったので、そういう場面があったばかり。

だが、叱るのは、関澤の力を高く評価していることの裏返しだ。いわれたことだけをやるロボット部下にはなってほしくないのだ。

二咲は河西に向かって、

「衣装を確認したあと、私も会場に行きますので」

「わかりました。何か問題やご用があるときには遠慮なく近くのホテル従業員にお申しつけ――、あっ、それでは失礼します――おい、君、君！　持ってくるのはそれじゃないよ。長テーブルじゃなくて丸テーブルのほうだよ」

と、河西は会話を中断して、二咲の後方に声をかけた。ふりむくとホテル従業員の若者が二人いた。彼らと河西のあいだに齟齬《そご》があったようだ。ホテル従業員二人はぽかんとして、棒立ちになっている。

すかさず、関澤が頼もしいことに、

「河西さん！　それは、ぼくがついていきましょう」

といって、ホテル従業員二人の持つテーブルに手を貸す。ああだこうだと説明をしながら、いっしょにテーブルを運びながら倉庫のほうに姿を消した。河西は河西で、いつのまにかその場を離れ、受付のあたりで設営の指示を出していた。みな、大忙しなのである。

二咲は衣装を確認するため、控え室に行くことにした。うちあわせのときに場所は教えてもらっている。会場の受付の脇から、細い通路が延びている。その通路の奥だ。

受付の横を通るとき、受付係の清本《きよもと》から、

「おはようございます」

と、声をかけられた。関澤と同じ歳《とし》の男だが、関澤と違ってペタルペタル創立時からの社員。受付開始までまだ時間があるが、受付のテーブルを使って書きものの仕事をしているようだった。おはよう、今日はよろしく、とかえしたあと、二咲はさっさと通路の奥に向かった。


控え室は八畳くらいの小部屋だ。

入った二咲は早速、クローゼットを開けた。

中には、注文していた通りのドレスがぶらさがっている。

全体的に花をイメージしたドレス。タイトで、ボディラインにある程度自信がないと着こなせない。二咲は日頃からカロリー計算に注意を払っている。洋菓子が好きでもスタイルをキープできるのよ、だから安心して買ってね、ということを事あるたびにアピールするためでもあった。

赤字ではないが、金がありあまって困っているほどでもない。衣装は比較的安いものにした。けれども、自分の感性で〈これだ！〉と思えるものを選《よ》りすぐった。

「うん。安物だけど、なかなかいいじゃない」

自分にいいきかせるように、思わずつぶやく。

誰かに聞かれなかったかと、恥ずかしくなってきょろきょろとする。

もちろん、誰かがいる様子はなかった。


腕時計を見る。七時八分だった。

着替える前にちょっと会場を見ておこう、と二咲は考える。クローゼットを閉めて、バッグを手にぶらさげたまま、会場に向かった。

すぐに戻ってくると考え、カギはかけなかった。


通路を抜けて、会場の受付まで引きかえした二咲。

会場の中に入ろうとする矢先に……、

「あっ……」

ロビーにいる、紺のタキシードの男に気づいた。株式会社チャンピオンクリームのCEO、井戸《いど》上《がみ》である。チャンピオンクリームはペタルペタル同様の地元洋菓子メーカーだが、創立がペタルペタルより二十年以上早く、規模も大きい。井戸上は五十代で、そろそろ後継者を探しているそうだ。

同業他社。ある意味では敵対関係だが、地元の洋菓子市場をともに拡大していこうという意味では戦友関係にもあった。以前、二咲はチャンピオンクリームの社内イベントに招待されたことがある。そのお返しとして、今日招待したのだった。

パーティーの開始予定時刻の十一時まで、まだ四時間ほどある。

井戸上はいかにも手持ち無沙汰という様子で、ロビーの新聞コーナーにある何種類もの新聞を次から次に手に取ったり、壁の絵を眺めたりしている。

二咲は駆け寄って、

「井戸上社長、おはようございます！」

「ああ、おはよう――」

ぶあついめがねの向こうで、井戸上の目が柔和に笑う。

「――いいホテルだね」

「会場はあちらなのですが、すみません、まだ設営が済んでおらず……」

「いやいや。謝ることではないよ、まだこんな時間だ。ぼくはね、ちょっと早起きをしちゃってね。それで、会場前をぶらぶらしているだけなんだ。迷惑なおやじでね、ぼくは」

「めっそうもない。ほかにお連れのかたは……」

井戸上の妻と副社長夫婦にも招待状を送った。

「現地集合だよ、まだぼくだけだ」

「ははあ、そうですか」

「いや何、設営が済むまで一人でのんびりしているよ」

二咲から見た井戸上は、わりかし気難しい人間であった。本当に放っておいていいだろうか。あとで〈ロビーでずいぶん待たされたね。たまったもんじゃないね〉などと誤解を招く不平不満を周囲に漏らさないだろうか。

着替えをしないといけないのだけど――、と考えつつ二咲は井戸上と雑談をしだした。天気や芸能の話。しばらく話したとき、関澤が何かの用で近くを通った。ぱんぱんに膨らんだショルダーバッグを大事そうに抱えている。

井戸上と関澤は直接面識ありだ。関澤が井戸上を見つける前に、井戸上が関澤を見つけた。

「おっ、関澤君じゃないか。ばりばり働いとるかい？」

関澤はこちらのほうを向き、ほんの一瞬だけ気まずそうな顔をした。だが、それが目の錯覚であったかと思われるぐらい素早く、顔いっぱいに笑みを広げた。

「井戸上社長！　これはこれは……」

井戸上は関澤の一瞬の表情に気づいたか気づかなかったか、いずれにせよ機嫌を損ねた様子はなかった。

「なんだか、痩せたねえ。二咲さんに日夜ガミガミ怒鳴られてるからだろ？」

「ガミガミ、ははは」

関澤は肯定も否定もせず、だらしのない笑みを浮かべる。

二咲は腕時計をさっと見る。七時二十二分。

二咲は関澤に向かって、

「準備のほうはどう？　もう、あなたなしで回りそう？」

「ああ、大丈夫です。指示は済ませていますので。いまとなっちゃ、ぼくは雑用と同じです」

二咲は咳払《せきばら》いをしたあと、井戸上に向かって、

「それでは、すみませんが私は準備がありますので……」

といって、頭をさげる。

その場を少し離れたあと、

「あ、そうだ。関澤君」

まるでいま思いだしたかのようなふりで関澤を呼び寄せる。

駆け寄った関澤の耳もとに、

「奥様か副社長夫婦かがいらっしゃるまで、井戸上さんの相手をお願い」

と、小声で指示を出した。

腹心の部下、関澤。声に出さず頷《うなず》いたあと、さっと井戸上のもとに戻る。

バトンタッチ。

●同日　午前七時二十五分●

「げえっ！」

控え室に戻った二咲は、思わず叫ぶことになった。


あのドレスが。

選び抜いたドレスが。

めちゃくちゃになっていたのだ。


一応、吊《つ》るされたままではある。しかし腰から下の部分、すなわちスカート部分が、おそらくハサミによって床にばっさりと切り落とされている。そのうえ、吊るされた上半身部分にも、床の下半身部分にも、細かい穴がたくさん開いている。これもやはりハサミでチョキチョキとやられたのだろう。

修復可能とは思えない。

パーティーで着るわけにはいくまい。


せっかく。

せっかく選び抜いたのに。

せっかく買ったのに。

せっかくの晴れ舞台なのに。

「ひどい……」

へなへなと座りこむ二咲。

控え室にカギをかけておけばよかった。

いつもの癖であった。自社ビルでも、自分は社長室にほとんどカギをかけないのだ。頻繁に出入りするので、いちいちガチャガチャやるのが面倒で仕方ないのである。オートロックに改造するのも面倒で。


まずは、締めつけられる思い。

人はこれを悲しみと呼ぶのだろう。

しばらく何も考えられなかった。


徐々に……、怒り！


ドレスが自然にこうなったとは思えない。

一つのドレスを二つに分断、かつ、穴だらけにするというのは、過失でもなさそうだ。故意にこれをやってのけた、故意犯がいるはずだ。


一体誰のしわざだ……、と二咲は考えはじめる。


床に落ちているスカート部分に視線を向けなおす二咲。

「あっ……」

妙なものが落ちていることに気づいた。名刺サイズの小さな紙、アイボリーのカードだ。

二咲はカードを拾った。カードには言葉が書かれてあった。

おめでとうございます。
幸せという小鳥たちが、
希望という鳴き声を森に響かせます。

綺麗《きれい》な字だ、一瞬活字と見間違うほど。実際、手書き文字風のメッセージカードだと、こんなフォントが使われることもありそう。しかしいまの場合、紙面を注意深く観察すると、ペンを走らせた痕であろう凹凸がかすかに見て取れる。ここから手書き文字だとわかる。それに、もっと重要なことに、二咲はこの筆跡に心当たりがあった。筆跡だけではない。文面にも心当たりあり。

一、叶、か、一叶である。

一叶は二咲の姉で、二歳違い。

姉は十代のころからシンガーソングライターを目指している。大学卒業後はいわゆるフリーターとなり、あちこちのミュージック事務所にデモテープを送る生活に入った。芽はぜんぜん出ていないようだが、作詞作曲した数はそれなりにあった。

カードに書かれた〈幸せという小鳥たちが、希望という鳴き声を森に響かせます。〉とは、一叶のオリジナルソングの一つ『小鳥たちの鳴き声』に登場するフレーズなのであった！

一叶の作品は比喩を用いず直接的な表現をする歌詞が多いのだが、ときどきこの鳥やら森やらのような独特な比喩表現が飛びだす。

一叶と二咲。二人はしばしばいっしょに飲み屋に行く。最後に会ったのは三週間前の週末だった。ビールを空けながら、二咲は一叶にふと、

「お姉ちゃんは、いつまでデモテープを送りつづけるの？」

と、訊いた。訊いてしまったというべきか。二咲としては、悪気はまったくなかったのだ。が、この言葉を聞いた一叶はテーブルを拳でどんと殴り、

「そんなの私の勝手じゃない」

声をはりあげた。

周囲の客も思わずふりむくほどであった。

あのときの一叶の剣幕を思いだしながら、いまあらためて、二咲は手もとのカードを見る。一叶の字で〈おめでとうございます〉。最高の皮肉。

裏切られた、という感情が湧く……。

めらめらと怒りもこみあげてきた……。

「最低。こんなの、八つ当たりじゃん」

だが、警察沙汰にしようという気にはなれなかった。

二咲は次に、二周年記念パーティーについて考えだす。意地でも遂行してやるという思いがあった。

腕時計を見ると、時刻は七時二十七分。開会の十一時まであと三時間半ほど。いまから急遽《きゆうきょ》ドレスを用意できるだろうか？　無茶か？　いや、レンタルでもかまわないのだ。ギリギリいけるのでは──などと思考を巡らす。

ドレス（いまや、残骸と化したドレス）を買った店の連絡先を携帯電話で調べながら、二咲はちらりと、クローゼットの中を覗《のぞ》く。ほかにドレスは、もちろん用意されていない。また、当たり前だが、誰かが潜んでいるわけでもない。

ただし。

ふと、クローゼットの端っこにピンク色の何かが落ちていることに気づいた。目を凝らして観察したところ、それは一枚の花びらであった。掃除が不充分で、以前の利用者のものが落ちたままになっているのだろうか。

●同日　午前十一時　──鵜川一叶──●

（ざまあみろ！）

両親が鬼籍に入る前、一叶・二咲の二人はすでにそれぞれ一人暮らしをはじめていた。両親の死後、実家は一時無人になったが、いまは父の妹、つまり叔母《おば》夫婦が使っている。一叶のアパートは、家賃の安い古物件だ。

その部屋の中、いま、座椅子に座っている一叶。

テレビはついていないが、部屋には音楽が流れている。『私の夢が叶ってないのに』など、一叶のお気に入りの音楽のメドレーだ。テーブルの上には、ビールの空き缶。ふだん飲んでいるビールより、少し高めのものである。

座椅子の傍には音楽プレイヤーのほか、ギターが置かれている。高校のときにアルバイトをして買ったギターだ。ずっと使ってきた。

（どう、悲しいよね？　不幸な気持ちでしょ？　人が不幸になればなるほど、私は幸せを感じるの）

一叶は中学のときにソフトテニス部に入ったが、疲れてしまって一年の冬で退部した。だが何かに打ちこみたいとは思っていた。そんなおり映画『サウンド・オブ・ミュージック』を観《み》た。音楽が人を変え、人生を変える映画だ。感動した一叶は音楽をやりたいと思った。いろいろと調べ、ギターに興味を持ち、高校入学後にバイトをしてこのギターを手に入れたのであった。

クラスにギター仲間がいたので、二人でいっしょに練習などをして遊んでいた。文化祭のとき、二人で話が盛りあがって、ステージを予約してしまった。つまり初ライヴ。一人では恥ずかしくて、絶対に予約できなかっただろう。

ところが、当日、友人が熱を出して休むことになった。文化祭だから、キャンセル料金がかかるわけではなかった。しかし、一叶は清水《きよみず》の舞台から飛びおりるつもりで、ソロでステージに上がったのだった。一人減っても演奏自体に問題はなかった。というのも、もともと友人とは、同じ旋律を二人で弾くつもりだった。歌は交互に歌うつもりだったが、一叶は相手のパートも覚えていた。

何度も練習した弾き語りを披露した一叶。終わってみると、拍手喝采で讃《たた》えられた。文化祭委員会による最優秀パフォーマンス賞にも選ばれた。人生でもっとも注目されたひとときだった。クラスの担任の先生には、

「私、音楽で生きることに決めました」

と、誇らしげに宣言した。クラスメイトや家族には、

「二十代でCDを出せなかったら死んでもいいわ」

などと、とんでもないことまでいってのけた。拍手と表彰状をもらった十代の一叶はあのとき有頂天だった。

だが……。

……厳しかった。

大学在籍時もその後も、あのギターでいろんな音楽を作りつづけてきた。卒業後は、次から次にデモテープを事務所に送りつづけてきた。

いい返事をもらったことなど、一度もない。

みじめに夢を追いかけつづけるだけの三十路《みそじ》のフリーターが鏡の中にいるわ、と気づいたのが去年の誕生日だ。あのとき、何かがぷつんと切れた。

ペタルペタル二周年記念パーティーのホテルは、この座椅子から窓越しに見える。

（人が私より幸せになるのが許せない。私の夢が叶ってないのに、人の夢が叶っているのは許せな

い……）

●同日　午前十一時半●

「――この写真は開業の書類を役所に出しにいった日のものです。奥ゆかしい私らしくなくガッツポーズなんかしておりまして、ふふふ……、とても浮かれておりますね。ちなみにいっしょに写っているのは、私の姉です」

と、マイクで解説する二咲。いやいや姉にも触れる。

先ほど、予定通り十一時ちょうど、開会の挨拶を行うことができた。二十分をすぎたころ、これまた予定通りスライドショーコーナーの時間となった。

ペタルペタル二年の歴史をふりかえるスライドショー。いまさら憎々しい姉の顔を見たくもない。気持ちとしては、ここはべつの写真にさしかえたかったのだが、ドレスの用意だけでもぎりぎりだったのだからそんなことはしていられなかった。

スライドショーは続く。二咲がフランスで暮らしていたころの写真、ペタルペタルがはじめて本格的に営業した日の写真、一周年記念パーティーの写真などが映された。二咲はそれぞれに簡単な解説を加えた。やがて、

「――以上でスライドショーを終わります。なお、会場の中央のテーブルにはお食事がございます。ドリンクは受付近くにございます。それでは皆様、ひきつづきご歓談をお楽しみくださいませ」

二咲はそう告げる。スライドショーコーナー、終了。

プロジェクターのために会場を薄暗くしていたが、ふたたび電灯が明るくなる。

河西と関澤がプロジェクターを片づけだす。井戸上を含む来賓は互いに挨拶をしたり、何やら雑多な話で盛りあがりはじめた。

二咲は会場の隅っこのスタンドにマイクを戻した。べつに意識して人を避けたわけではないが、このタイミングで、二咲がぽつんと孤立する時間が生まれた。

替わりのドレスを調達した際、ばたばたとしていて書類と料金に不備があった。パーティーのあとには、車で衣装ショップに寄らねばならない。まだ予想外のことが起きるおそれもあるし、アルコールは控えている二咲であった。

休憩の意味も兼ねて、会場の外にふらりと出た。〈兼ねて〉というのは、休憩以外に、調査目的の意味もあったからだ。今回のドレス破損事件、二咲には気になっていることがあった……。

ロビーにはいま、パーティーとは関係のない一般客しかいない。

ロビーにて、二咲はつぶやく。

「お姉ちゃんはどこからやってきて、どこに消えたんだろう？」

というのも、前後のタイムテーブルを整理すると、
①　二咲、控え室でドレスを確認する。このときドレスは無事。
控え室の中には（少なくとも一見）誰もいなかった。

②　**七時八分**　二咲、控え室をあとにする。カギはかけなかった。
　二咲、ロビーで井戸上と話をする。

③　**七時二十二分**　井戸上を関澤に任せ、その場をきりあげる。

④　ずたずたになったドレスを発見する。
　七時二十七分　控え室にて、新しいドレスの調達について考えだす。

となる。時刻はすべて二咲の腕時計で確認したものだ。
④のあと、二咲はしばらく控え室でショップに電話をしていた。控え室から通路に出たときに腕時計で時刻を確認したところ、七時四十九分。このときすでに新しいドレスの目途《めど》をつけることができていた。この行動力・決断力、自分でも褒めたくなるぐらいだ。
その直後、部下から車のカギを受けとって、車でショップへ。すぐさまドレスを購入して、着替えて、ドレスのままで車を運転して戻ってきた。それがだいたい開会時刻十一時の十五分くらい前のことだった。
　これ見よがしに現場に残されたカードには、一叶が手書きでメッセージを残していた。二咲には、一叶が犯人でないとは思えない。

では。

一叶が犯人であるというならば、一体、どのようにして控え室に出入りしたのであろうか？


重要なのは、とくに②だ。
②の裏で一叶が控え室に忍びこみ、ドレスをずたずたにし、逃走する、というのが妥当なところ。ドレスをずたずたにするのは、手際よくやれば一分もかからずに行える。カード設置も、あらかじめカードにメッセージを書いておけば、手間にはならない。
受付の横には、扉のない出入り口がある。通路の出入り口だ。ただ、通路といっても、出入り口をくぐったあと、一、二メートルですぐに左に曲がる構造をしている。左に曲がったあと、さらに十メートルほど歩くとつきあたりとなるが、ここには右手に扉がある。それが、問題の控え室の扉だ。控え室にはこの扉以外に出入り口はない。窓もない。

要するに、控え室に入るためには、受付の横を通る必要があった。

さらに、この受付に行くためには部屋の配置上、いま二咲がいるロビーを通る必要があった。そのため――これが肝要なことだが――もしも②の裏で一叶がドレスをずたずたにしたとしたら、どこかで二咲とぶつかることになったはずだ。なぜなら二咲は①から④のあいだ、ロビーと控え室のどちらかにいたからである。

ロビーの広さは三十メートル×三十メートルぐらい。

ロビーには、さまざまな方向からアクセスできる。ホテルのエントランスのほか、ペタルペタルのパーティーが催されている大広間の扉（および、その受付）。べつの大広間に向かう通路の出入り口。二階への階段、など。

設営スタッフチームがばたばたとしていたことも含めて、あのとき、人の行き来は多かった。とくに、ものを運んでいる人が多かった。だから二咲は、すべての人の行き来を覚えているわけではない。何を運んでいる人がいたか、それもあまり覚えてはいない。

けれども、立っていた位置との関係上、べつの会場や外との出入り口から一叶がやってきたら、いくらなんでも気づいたはずであった。

二咲はロビーを見渡しながら以上のことを頭の中で整理して、つぶやく。

「となると……」

となると、普通に考えると。

一叶はもともとパーティー会場にいた。二咲がドレス（切られる前のドレス）を確認したあと、入れ違いで控え室に侵入。ドレスをずたずたにしたあと、またもや会場に戻る。④のあと、ホテルの外へ。……というストーリーが想像される。


二咲は受付付近に足を運ぶ。

受付付近に立ったまま、会場を見渡す。仮に一叶がここを出入りしていたとしても、いまはもういないだろう。が、念のため、隅々にまで視線を走らせる。一叶の姿は見当たらなかった。

代わりというほどの発見ではないが、清本が会場にいることに気づいた。ずっと受付をしていた部下だ。

受付を見ると、いまはべつの部下が座っている。

二咲は清本のほうに向きなおる。清本は雑談の輪を抜けて、パスタの大皿に近づいた。二咲は清本に歩み寄り、

「受付、おつかれさま」

と、声をかけた。

清本はトングを置き場に戻して、ぺこりと頭をさげた。何か仕事ができたのですか、といいたげな表情に見える。

二咲は訊く。

「受付は交替したのね？」

「はい。スライドショーの直前までがぼくでした。いまはもう交替してもらいました。といっても、すでにみなさんお揃《そろ》いですから、受付の仕事なんてなさそうですけど」

「私が今朝挨拶したとき、受付開始前だったけど、あの席にいたよね。受付開始前とか受付中に席を外した時間帯はある？」

「ないです」

ここで清本は、彼がずっとあの席で作業していて、そのまま受付として座りつづけることになったと説明をした。交代の時間であるスライドショーの直前になってはじめてその場を離れたそうだ。また、作業といっても結局電話の返事待ちをするだけだった。そのため目の前の出入りはしっかりとチェックできていたそうだ。

「さっきのスライドショーを観てた？」

と、二咲が訊くと、

「観ていました」

「私の姉が写真にいたと思うんだけど……」

「はい、いらっしゃいましたね。役所に書類を出しにいったときの写真ですよね？」

「そうそう！　じゃ、顔はわかるわね？」

「はい。といいますか、あの写真は社内に飾られていますし、社長がお姉さんといっしょに写ってる写真、ほかにも何枚か飾られていますよね。だから、そもそも、お顔は存じていますよ」

いわれてみると、そうだ。

二咲は核心の問いをぶつけることにした。

「その私の姉なんだけどね、今日、見かけなかった？」

「え？　今日？　今日ここで、ですか？」

「そう、今日ここで」

「お見かけしておりませんが。お姉さんもパーティーにいらしているのですか？」

「いや、どうかなあ、と思って。ああ気にしないで。ごめんね、パスタの邪魔をして。遠慮せず、ガツガツ食べてね」

「わかりました、ガツガツいただきます」

清本は笑って、パスタを取り皿に盛りはじめる。

二咲はその場を離れ、またロビーに出る。

清本は社内で日常的に姉の顔を目にしているうえ、ついさっきのスライドショーでもはっきりと姉の顔を見た。その清本が見ていないという。

しかしそうなると、奇異だ。

清本の目を盗んで、パーティー会場から控え室に行き、そのあと、控え室からパーティー会場に行く、だと？　これはいくらなんでも無理だ。

じゃあ、どうやって出入りしたの？　――と、二咲は心の中でつぶやく。


今度は、二咲は受付の横を通って、L字の通路に進んだ。

二周年記念パーティーで肝心の社長がここまで会場を離れるのは、ちょっとどうか、と二咲は思うが、一叶の行動についてどうにも気になって仕方がない。替わりのドレスをわざわざ用意したといっても、もはや間に合わせ以上のものではない。べつに披露したくもない。
一、二メートルの通路。
左への曲がり角。

十メートルほどの通路。

といった構造だ。物は置かれていない。天井にはシンプルな蛍光灯が設置されているだけ。隠れる場所はない。奥にある控え室の扉以外には扉もない。ただ一応、L字になっているため、受付やロビーから直接控え室の扉を見ることができない。一叶はこの死角を何か利用したのだろうか？

ドレスをずたずたにされたあと、控え室には、さすがにカギをかけていた。反省の意味もあるが、実際的な面として、ずたずたになったドレスを誰かに発見されないようにするためでもあった。

カギを開けて控え室に入る二咲。

ずたずたになったドレスの残骸は、控え室にあった小さな段ボールの箱の中にしまいこんである。誰にも見せていない。そもそも、この破損事件を誰にも教えていない。身内のごたごたを知られる恥ずかしさがあった。こんなことをやる姉がいると知られると、自分自身の評判も下がるのでは？そういった類《たぐい》の懸念もある。パーティーのあと、書類訂正のために衣装ショップに（代理の部下ではなく）自らが寄るつもりでいることには、そうした心理もある。

といっても、パーティーの前、自分は明らかに落ち着きを失っていた。河西や関澤あたりは、何かあったのだろうと、薄々トラブルを察しているだろう。河西に至っては、衣装が別物になったことにも気づいているかもしれない。

経済的なダメージは正直なところ、深刻ではない。たしかに無駄金になったことにはイライラするが、部下の失敗でこれ以上の対価を払わされたことは過去に何度もある。

しかし——悪意がいやだ。

そして——犯行・逃走のルートがさっぱりわからないというのも不気味だ。

それで、こうして無関心ではいられない二咲であった。

「いやな二周年になっちゃったな」

とつぶやきつつ、二咲は箱からドレスの残骸を取りだし、あらためてじっくり観察しはじめた。

切り口は鋭利だ。手でひきちぎる方法でこの切り口が実現されるとは思えない。十中八九、ハサミが使われた。

控え室にハサミは用意されていなかった。だから、一叶が自分で用意してきたと考えられる。裁判沙汰にするつもりはないが、もし裁判であれば、わざわざ外部からハサミを用意してきたことが計画性を示す証拠として挙げられるだろう。

例のカードも、残骸といっしょに箱の中に入れてある。

おめでとうございます。
幸せという小鳥たちが、
希望という鳴き声を森に響かせます。

憎々しい。

発見時、カードは残骸の上にあった。カードを置いたあとに残骸が床に落ちたのではなく、残骸が床に落ちたあとにカードが置かれたということだ。

「もし私がこの部屋に隠れるとしたら……」

ひとりごとをつぶやきながら、二咲は控え室の中をきょろきょろと見渡す。家具は少ない。クローゼット。椅子。テーブル。このテーブルは天板が透明なガラスだ。猫のように丸まって下に隠れることなどできない。あと、せいぜい畳んだドレスが入るぐらいの小さな段ボールの箱が二つ。

「……私なら、ここに隠れるのは、諦めると思う」

やはり、この部屋に隠れ場所はないといえる。

強いていえば、このクローゼットか。しかしドレス破損事件発覚の直前、クローゼットの中に無傷のドレスがあることを自分がこの目で確認した。あのときクローゼットにあったのはドレスのみ。普通に想像する限り、隠れていることは不可能だった。

首を傾《かし》げつつ、二咲は控え室をあとにした。

会場に戻り、みなが歓談している様子を遠くから眺める。ここにいる人はみな、多かれ少なかれ、ペタルペタルに関わってくれた人たちだ。

ノンアルコールのグラスを手に取り、ひとくち飲む。

(私は夢を叶えた。子供のころからの夢を叶えたのよ……)

二咲はあっと思う。主催者としての立場を綺麗さっぱり忘れているというわけではない。運営に気づいたことがあったので、二咲は関澤の姿を探した。

関澤は、ぱんぱんに膨らんだショルダーバッグをひっさげた姿で会場にいた。招待客には地元の洋菓子店の人たちもいるのだが、関澤は彼らの二、三人と談笑している。だが、二咲の視線にすぐ気づき、駆けつけてくれた。

グラスをテーブルに置いたあと、二咲は会場について、ひとことふたこと指示を出した。

「わかりました、すぐに」

関澤は仕事にのりだすため、すぐさま踵《きびす》をかえした。

そのとき、ふわっと何かが宙を舞った。咄嗟《とっさ》に手でつかむ二咲。手につかんだそれは——花びらであった。二咲は関澤の後ろ姿を見る。彼のショルダーバッグはぱんぱんに膨らんでいるのだが、チャックがうまく閉まっておらず、その隙間《すきま》から花びらが覗いている。

早い話、この花びらは関澤のショルダーバッグから飛びだしたものなのであった。

花びらといえば、控え室のクローゼットにも花びらが落ちていた。あれはいまもそのままにしてある。あと、そういえば、関澤のショルダーバッグはパーティーの開会前にもぱんぱんに膨らんでいた。

何かがわかりそうだった。

関澤が去ったあと、二咲はいま手にした花びらをよく観察する。クローゼットの花びらと同じく生花だ。あっちはピンクだったが、こっちは白。形も違っているから、べつの花であろう。なぜこんなものが関澤のショルダーバッグから出てくるのだろうか。

関澤と一叶が共犯関係にあるのだろうか？　それで実行犯の関澤が、ついさっき花びらを落としたように、一叶がクローゼットに花びらを落としてしまったというのだろうか？

二人が共犯関係にあるというのは、二咲には信じられない。それに、同じ花というならともかく、見るからに種類が違う。

白い花びらをじっと見る二咲。

やがて、会場にかかっていたBGMの歌がいったん終わり、新しい曲となった。会場に音楽をかけるとき、このホテルでは権利関係に配慮していた。なんでもかんでもかけていいわけではなく、確実に権利者から許可が得られたものやホテル側の用意したリストから選ぶことになっていた。いま流れているクラシックはホテル側のリストにあったものだ。たしか、十九世紀オーストリアのクラシック。ピアノの奏でる、落ち着いた大人の調べが耳を優しく撫《な》でる。

べつにその曲がヒントとなったわけではないが、ＢＧＭが切り替わったことで無意識のうちに視点も切り替えることができたのかもしれない。ＢＧＭが切り替わってしばらくしたときだ。

「あっ……、もしかして、そういうこと？」

二咲は気づいた。

事の真相に。

一叶がやったことに。

やはり関澤と一叶が共犯関係にあるわけではない。あくまでも単独犯だ。

●同日　午後一時半　――鵜川一叶の職場――●

楽器店の店長は、大きめの声で、

「おい、一叶はどうした？　何か話を聞いていないか？」

店員に訊いた。

店員は大学生の女で、鵜川一叶同様、アルバイト雇用だ。いまは店先を箒《ほうき》で掃いているところだった。

彼女は掃除の手をとめて、

「何も聞いてませんよ。つうか、てっきり、店長が話を聞いているもんだと思ってました」

「おれも何も聞いてねえよ。もう三十分も遅刻している。はじめてだろ、こんなの」

「一叶さん、真面目ですからね」

「あいつ、働きものだからな。おれもな、たまに遅刻されたからって怒っているわけじゃないんだ。今日はべつに忙しい日でもねえし。ただ、心配になるよな、これじゃ」

「電話してみます」

といって、店員はポケットから携帯電話を取りだし、コールした。

三十秒ほど経《た》って、

「出ません」

「今日来るつもりあるのかな、あいつ」

店員は携帯電話をポケットに戻して、

「もし来なかったら、私、仕事終わったあと、アパートに寄ってみます」

「そうしてくれ。とかいっているうちに、来るかもしれんけど」

「もしかしたら、デモテープを送った事務所から今朝何か連絡が来て、急遽オーディションみたいなのに参加して、無我夢中になっているのかもしれませんね」

といって、店員は箒をギターのように構え、エアギターをかます。

店長は椅子の背にどっかりと身体《からだ》をあずけ、

「そんならそれでいいんだ。おれんとこの仕事なんかよりそっちを優先してほしいからな。おれも早く、あいつの音楽が世に認められて、ファンがキャーキャーいっているところを見たいんだよ」

「何いってるんですか、店長」

「なんだ、変なこといったか」

「私がもう、鵜川一叶のファンですから。キャーキャーいっていますから」

店長は声を立てて笑う。

「おれもファンだった。忘れてたよ」

●同日　午後五時半●

「できれば、警察の力を借りず、内々で終わらせたいわ」

二咲のこの一言で、目の前の人物は途端に青ざめた。

バレたと理解したのだろう。

目の前の人物というのは、ドレス破損事件の犯人――


――すなわち、関澤である。


自社ビルの社長室。アームチェアに腰かけている二咲。先ほど、関澤を呼びだしたのであった。

青ざめた関澤に向かって、二咲はいう。

「広告デザイン会社のトラブルの件、そんなに根に持っていたの？」

関澤は苦しそうな表情で、小さく頷いた。

「私のドレスをあんなにめちゃくちゃにして、それで溜飲《りゅういん》が下がった？」

「少し切るだけのつもりだったんです。でも、とまらなくなってしまい……」

物理的にとまらなくなったという意味ではあるまい。感情的にとまらなくなったというのだろう。語尾が小声になり、ふたたび黙ってしまう関澤。社長室に沈黙が落ちた。

二咲のほうが耐えられない。

「もういいわ、出ていって。ひとまずあなたが犯人だと確認したかっただけ。お咎《とが》めのほうはあとからまた伝えるから……」

「辞職させていただきます。弁償代と慰謝料も払います」

といって、関澤は頭をさげる。

「弁償代と慰謝料は要らない。お金が絡むとのちのち法的にややこしくなったとき、面倒だから。辞職はあなたの意思に任せる」

「辞職を希望します」

「そう……。わかった、出ていっていいわ」

〈部屋から〉と〈ペタルペタルの仲間から〉の、悲しいダブルミーニング。

退室しようとする関澤。しかし二咲は、訊きたかったことをべつに思いだした。

「あ、待って。これはちゃんと教えて。あなたは私の姉の仕業に見せようとしたの？　それとも、それは偶然だったの？」

「社長のお姉さん……。……ああ、あのカードですか」

「うん、そう」

「こんな立場でいえたことではありませんが、それは偶然です。自分もカードつきの花束を申しこんでいたんです。だから、自分の用意した花束だと思ったんです」

「やっぱりそうなのね。わかった」

関澤はまた頭をさげて、

「では失礼します」

姿を消した。


社長室に残った二咲。

「はあ……」

深いため息をつく。

今日からはせめて社長室にカギをかけよう。あのとき控え室にカギをかけていれば、関澤にああいう犯行をさせずに済んだのだ。そう考える二咲であった。


二咲はここまでの経緯をふりかえる。


「あっ……、もしかして、そういうこと?」

二咲は気づいた。

事の真相に。

一叶がやったことに。

やはり関澤と一叶が共犯関係にあるわけではない。あくまでも単独犯だ。

あのとき十九世紀オーストリアのクラシックを聴きながら二咲が気づいたのは、むろん〈単独犯一叶の犯行過程〉ではなく〈単独犯関澤の犯行過程〉だ。

というのも、ドレス破損事件の証拠をリストアップすると、

Ａ　ずたずたになったドレス
Ｂ　一叶のオリジナルソングの歌詞が一叶の肉筆で書かれたカード
Ｃ　クローゼットの隅っこにあった花びら（ピンク色）
Ｄ　一叶が出入りしたにしては不可解な時系列
Ｅ　関澤の、ぱんぱんに膨らんだショルダーバッグからでてきた花びら（白色）

ということになる。Ｂが一叶犯人説を生み、それがＤと絡むことで〈一叶はどのようにして犯行をなしたか？〉というミステリーを生んでいた。二咲は結局、Ｄに解釈を与えるのではなく、Ｂに新解釈を与えることで〈一叶はどのようにして犯行をなしたか？〉のミステリーを退けたのであった。

では、一叶が犯人でないにもかかわらず、なぜあそこに一叶のカードがあったのか？

真相は――花束だった。

一叶は二咲に、手書きのメッセージカードつきで花束を贈っていたのであった。ロビーで二咲が

井戸上と話をしているとき、その花束が設営スタッフの手によって控え室に運びこまれた。

このスタッフが誰かはすでに特定できている。ホテル側スタッフの一人だ。二咲が探しだして事情を訊くと、彼女は〈二咲がホテルに現れる直前に、宅配便で花束を受け取った。それを持ったまま、いったん会場の設営に取りくみ、そのあとで控え室に花束を置いてきた〉という旨を説明した。彼女が控え室に花束を置いたのが、ちょうど、二咲がロビーで井戸上と話をしているときだったのだろう。

そして、彼女が控え室を出たあと、関澤が犯意まんまんで控え室にやってきた。彼は用意したハサミでドレスをずたずたにし、立ち去ろうとした。が、テーブルの上に花束とメッセージカードがあるのを見て、うまく利用しようとした。

なぜなら、彼もまた、花束を用意していたのだった！　当日にメッセージカードつきで花束を届けてくれるサービスを利用していたのだろう。テーブルの上にある、メッセージカードつきの花束。これこそ自分の頼んでおいたものだと勘違いしたのである。

関澤の出ていった扉を見つめながら、二咲はひとりごとをつぶやく。

「疲れた。今日は飲めなかったし……、お姉ちゃんと飲もう……」

お姉ちゃんは普通にお祝いのカードをくれてた。お礼をいいたいな。――そう考えて、二咲は電話で一叶をコールする。繋《つな》がらない。まだ仕事中なのかもしれない。

今日はもう、二咲の仕事はない。すぐさま、一叶のアパート付近に向かうことにした。近くの喫茶店で時間を潰《つぶ》そう。帰ってきたら、花束とカードのお礼をいって、どこかでいっしょに飲み食いしようと、二咲は考える。アルコールが入ったままでは車で帰れないので、ひと晩泊めてもらおうかな、とも。

職場の人たちに挨拶をして、二咲は自社ビルをあとにした。関澤は何事もなかったかのように挨拶をかえした。だからまわりの人らもとくに違和感を持たなかったようだ。ただ、よく見ると、関澤はデスクの私物と会社の備品を分ける作業をしていた。彼の退職をみんなに説明するのは遠い話ではない。考えるだけで頭が痛くなる二咲だった。

二咲は車に乗り、エンジンをかける。
関澤の言葉を思いだす。

こんな立場でいえたことではありませんが、それは偶然です。自分もカードつきの花束を申しこんでいたんです。だから、自分の用意した花束だと思ったんです。

関澤の利用した花束サービスでは、メッセージカードの文面をあらかじめ利用者に伝えていたはずだ。だが関澤は、形式的ないい加減な態度でそれを利用したため、なんという文面のカードが届くか、きちんと覚えてはいなかったのだろう。もし覚えていれば、文面で、自分の用意したものではないとわかったはずだ。
また、もしもあのカードが手書きだとわかったなら、花束サービスにしては変ではないかと思ったかもしれない。しかしじっくりと見る時間もなかったため、手書きか印字かの判別もできなかった。実際、二咲もカード発見時、手書きか印字かの判断には手間取った。あくまで、文面が一叶のオリジナルソングであったからこそ、手書きだと確信を持てたのである。

関澤が犯行を決意したのは、どうやら、例の広告デザイン会社とのトラブルについて二咲がガツンと叱ったことに直接の原因があるようだ。

あの〈ガツン〉は、つい数日前のことだった。

花束サービスを申しこんだとき、関澤はそれを犯行メッセージに使おうとは考えてはいなかった。〈ガツン〉があって犯行を決意したときには、すでに申しこんだあとだった。〈ガツン〉からパーティー当日までのあいだに——あるいは、ひょっとしたら、ドレスをずたずたにし終えた直後に——花束のカードが皮肉な犯行メッセージに使えると思いついた。

カードだけでなく花束までその場に放置すると、花束サービスのものだとわかりやすくなってしまう（実際には、関澤の申しこんだ花束ではなかったわけだが）。だから関澤は、花束をショルダーバッグの中にぎゅうぎゅうに押しこんだのであった。ものにもよるが、花束というのは、基本的にはすかすかだ。成人の力で圧縮すれば靴ぐらいのサイズにはなる。

けれども一連の作業の中で——おそらくカードを置くときだろう——花びらが一枚、クローゼットの中に入った。二咲がクローゼットの中に発見したピンクの花びらがこれ、というわけである。

二咲が新しいドレス獲得に奮闘している裏で、関澤は関澤でびっくり仰天することになったはずだ。自分の用意した花束がメッセージカードとともに届いたからだ。控え室にあった花束は自分のものじゃなかったのか、という驚き。

一つ目の花束とメッセージカード（自分の注文品と誤解した花束とメッセージカード）と二つ目の花束とメッセージカード（真に自分が注文した花束とメッセージカード）。二つ目の花束とメッセージカードを二咲に渡すかどうか、関澤には選択の余地があったわけだが——彼は結局、それらをショルダーバッグの中に押しこんだ。

この選択は理解できないでもない。

たしかに、一つ目の花束が自分のものではないとわかった以上、誰かが二咲に〈花束を贈ったんですけど、いかがでしたか？〉といいだすことによって犯行メッセージの出所がバレる可能性を関澤は知ることができた。だが、二つ目の花束とメッセージカードを二咲に渡したところでその可能性を低くできるわけでもないのだ。

ドレスをずたずたにしたいほど、関澤は二咲にネガティブな感情を持っていた。ともすれば、いまもだ。だから、花束で祝うことなんかしたくなかった。

ただ関澤は、捨てるのではなく、バッグにしまいこむという選択を取った。

というのも、ホテルのゴミ箱に捨てるのは目立つ。証拠を手放す瞬間は後回しにして、とりあえず持ち運び、とりあえず持ち帰りたい、そういう〈とりあえず、とりあえず〉の気持ちで、花束二つをショルダーバッグに入れ、大事に抱えていたのだろう。その行動は、ショルダーバッグから花びらが落ちるという深刻なアダを生んでしまったわけで、結果としては裏目だった。しかし、関澤という人間はそういうところで失敗するような器だからこそ、そもそも、広告デザイン会社に迷惑をかけ、二咲にガツンと叱られることになった……、ともいえる。

そのようなわけで、ショルダーバッグから飛びだした白い花びらこそ、関澤が本来用意していた花束のものであった。これでＡＢＣＤＥ五つの証拠を綺麗に解釈できた。先ほど関澤を社長室に呼びだして、確認してみると、やっぱり――、と繋がるのであった。

事件発覚前の関澤の表情が思いだされる。

「おっ、関澤君じゃないか。ばりばり働いとるかい？」

関澤はこちらのほうを向き、ほんの一瞬だけ気まずそうな顔をした。だが、それが目の錯覚であったかと思われるぐらい素早く、顔いっぱいに笑みを広げた。

「井戸上社長！　これはこれは……」

井戸上は関澤の一瞬の表情に気づいたか気づかなかったか、いずれにせよ機嫌を損ねた様子はなかった。

「なんだか、痩せたねえ。二咲さんに日夜ガミガミ怒鳴られてるからだろ？」

関澤が一瞬だけ気まずそうな顔をしたのは、井戸上の存在によるものではなかった。二咲の存在によるものであり、犯行直後のうしろめたさにもとづくものであった。もしかすると井戸上は、視線の先が自分ではなく二咲に向いていることに気づいていた？　それで〈自分のところの社長に顔をあわすだけで、こんなに気まずそうな顔をするのか〉と思ったのち、〈二咲さんに日夜ガミガミ怒鳴られてるからだろ？〉と話題にしたのかもしれなかった。

鈍感だった、と二咲は悔やむ。

今日だけの話ではないけれども、と。


さて、いま、一叶のアパートをめざす二咲。


一叶のアパートはパーティー会場の近くだった。

ひきかえす形になる。


信号待ちのとき、車内に流れる音楽のリズムにあわせて、ハンドルをひとさし指でとんとんと叩く。自分の半生をふりかえりながら。

（私は夢を叶えた。子供のころからの夢を叶えたのよ……）

夢は、洋菓子メーカーを作ることだった。

そして今日、二咲は洋菓子メーカー〈ペタルペタル〉のCEOである。

夢は叶ったのだ。

しかしながら――ハサミでずたずたにされたドレスのことを思いだす。ペタルペタル創立二周年記念パーティーのためにこだわり抜いて用意したドレスだったのに。

ドレスの傍には手書きカードが落ちていた。

姉の一叶が書いたカードだ。

おめでとうございます。
幸せという小鳥たちが、
希望という鳴き声を森に響かせます。

という文面。最高の皮肉である。

一叶とは、じっくり話をせねばなるまい。

最高の皮肉――、一叶が純粋な気持ちで書いてくれた祝辞のせいで、自分はつい一叶を犯人扱いしてしまった。このことが〈最高の皮肉〉である。結局のところ、一叶は丁寧なメッセージカードとともに花束をくれたというわけだ。お礼を伝えるため、じっくりと話をしなくてはならない。二咲はそう思うのである。

それに、社長としての人間の器を自分が持てるのかどうか、そんなことも相談したい。関澤という名はもちろん、具体的な事情は漏らさないつもりだが、漠然たる一般論として言葉にしたいことがいろいろとある。結論はなくていい。話を聞いてほしい。

二咲はコインパーキングに車を停《と》め、一叶のアパートに。オートロックではないエントランス。一叶の部屋があるフロアまで階段を上ると、

どんどん！

女が一叶の部屋の扉を殴っているのが見えた。どんどん！　ぎょっとした二咲は駆け寄って、

「あなた、何をやっているんですか！」

非難するような口ぶりで、声をかけた。

女は手をとめたあと、悪びれた様子もなく、

「あっ、べつの部屋のかたですか？」

質問で質問に応じた。

二咲は素直に答える。

「いえ、この部屋の借り手の、家族のものですが」

「一叶さんのご家族？」

一叶の名が出たことで、二咲は警戒心を緩めた。

「そうです、一叶の妹です。あなたは？」

「私、一叶さんと同じ楽器店で働いているものです。今日、一叶さんがなんの連絡もなく欠勤したので、心配して来たんです。こんなのはじめてなので」

これを聞いた二咲には、いやな予感がした。とてもいやな。

姉妹の勘、だろうか。

二咲は携帯電話で一叶をコールする。すると、部屋の中から着信音らしき音が流れだした。ドアノブを回してみる。カギのかかっていないことがわかった。

扉の前で二人の女は目をあわせ、ともに唾を飲みこむ。

二咲はドアノブを握りなおして、

「お姉ちゃん、入るよ！」

と、声をはりあげて、扉を開けた。

●五月十二日　午前十一時　――警察署――●

「姉は、私の会社の創立二周年記念パーティーの前日にもう亡くなっていた……、やはり、そうなんですか？」

ひと晩経ち、かろうじて警察とまともなやり取りができる気持ちになった。

場所は警察署。

二咲の問いに、警察官がきっぱりと答える。

「そうです。あなたが訪れる一日前にお姉さんは亡くなっています。これは遺体の状況から明らかです」

「死因は……、これもやはり……」

「はい、昨日ざっと見立てた通りでした。あらためてきちんと分析したところ、疑う余地なく、大量の睡眠薬のせいだとわかりました。現場の状況から見て、自殺――最近は自死ともいいますが――つまり、ご自分で自覚して命を絶たれたと、われわれはそう判断しています」

「そうですか……」

「動機について……、何かお心当たりはありますか？」

警察官は申し訳なさそうな表情で、二咲に訊く。

視線をそらし、一叶の遺体を見る二咲。じつは昨夜、二咲は昔のことを思いだしていた。警察官

に視線を向けなおして、

「まったく前兆がなかったわけではありません。本当にそれが動機かどうか、わかりませんが……」

「というと？」

「姉は音楽活動をしていたんです。長年、ずっと、です。芽が出ませんでしたけど……。それで……、十代のころには、二十代でCDを出せなければ死んでもいいといっていたんです」

「ああ」

「姉はいま三十一歳で……。いや、そんな理由で、などと思われるかもしれませんが……」

警察官は眉間に皺《しわ》を寄せて、首をふる。

「もっと信じられない些細《ささい》なことで自死を決断した例もあります。〈そんな理由で〉などと軽んじたりはしません」

「最後に会ったのは三週間前でしたが、姉は荒れ気味でした。あのとき私にできることがあったのかもしれません」

「どうか、思いつめないでください。迂闊《うかつ》に思いださせてしまった非礼をお許しください。あのう、いかがでしょうか。このあと、この部屋にカウンセラーの先生が来ます。ぜひ、そちらの先生とお話をしていってもらえませんか？」

二咲は頷く。

警察官は姿を消した。部屋に一人きりになる。

昨日、二咲と楽器店の店員が一叶の部屋で見たもの。

それは、何を隠そう、一叶の遺体なのであった！

まず電話で救急を求めた。そのあとは案内されるがまま、いまに至る。

発見時、一叶は座椅子に座ったまま、冷たく硬くなっていた。遺体の傍にはギターがあり、テーブルの上にはビールの空き缶が並んでいた。部屋には音楽が流れていた。一叶が作ったオリジナルソング、たとえば、

（ざまあみろ！）

（どう、悲しいよね？　不幸な気持ちでしょ？　人が不幸になればなるほど、私は幸せを感じるの）

（人が私より幸せになるのが許せない。私の夢が叶ってないのに、人の夢が叶っているのは許せない……）

（でもね、そんな気持ちじゃ幸せになれない。幸せになるために、幸せになるために、人の幸せを喜ぼう）


という歌詞の『私の夢が叶ってないのに』などのメドレーである。ちなみにこの歌は〈他人を不幸に落とすことに喜びを見いだす心〉を窘《たしな》めるような歌詞となっている。

どうやら、一叶は命を絶つとき、オリジナルソングのメドレーをかけっぱなしにしたようだ。すなわち、一叶の遺体がぽつんとある部屋の中、ずっとオリジナルソングのメドレーが流れていたわ

けだ。一叶が亡くなったその夜も、翌日の創立二周年記念パーティーのときも。

カウンセラーを待つあいだ、二咲はイヤホンを使って一叶の歌を聴く。一叶の歌は携帯電話にデータを入れてある。いちばん好きな『小鳥たちの鳴き声』を選び、ボタンを押すと、

(おめでとうございます。幸せという小鳥たちが、希望という鳴き声を森に響かせます)

と、歌いだしが流れだした。メッセージカードにも書いてくれた歌詞だ。

二咲は目を閉じ、聴きいった。

しばらくして、サビの部分が、

(私は夢を叶えた。子供のころからの夢を叶えたのよ……)

と、流れだす。はあ、なんといいサビだろう、と二咲はあらためて震える。

二咲はこの歌のこのサビが好きで、よく聴いている。昨日も一叶のアパートに向かうとき、車の中で流した。


鵜川二咲は信号待ちのとき、車内に流れる音楽のリズムにあわせて、ハンドルをひとさし指でとんとんと叩く。自分の半生をふりかえりながら。

(私は夢を叶えた。子供のころからの夢を叶えたのよ……)

じつは昨日のパーティー会場でもこの曲を流す予定だった。いや、実際に少し流れたのだった。

ノンアルコールのグラスを手に取り、ひとくち飲む。

（私は夢を叶えた。子供のころからの夢を叶えたのよ……）

二咲はあっと思う。主催者としての立場を綺麗さっぱり忘れているというわけではない。運営に気づいたことがあったので、二咲は関澤の姿を探した。

会場に音楽をかけるとき、このホテルでは権利関係に配慮していた。なんでもかんでもかけていいわけではなく、確実に権利者から許可が得られたものやホテル側の用意したリストから選ぶことになっていた。

『小鳥たちの鳴き声』は二咲が気に入っているばかりでなく、〈確実に権利者から許可が得られたもの〉として、権利関係的にも使い勝手がよかった。しかし昨日これがBGMとして流れだしたとき、二咲はまだ一叶が犯人だと思っていた。そのため一叶のオリジナルソングを流すことが癇《かん》に障った。関澤に声をかけ、急遽べつのBGMにしてもらったのである。

いま、警察署の中で『小鳥たちの鳴き声』を聴きながら、二咲は思う。

――お姉ちゃんはどんな気持ちで花束を贈ってくれたんだろう。どんな気持ちで『小鳥たちの鳴き声』の歌詞をカードに書いてくれたんだろう。私に何かを託すような気持ちだったんだろうか？

私と最後にいっしょに飲んだとき、お姉ちゃんはもう自殺を決めていたのかな？　もしそうであったら、そして、私があのとき気づけたとしたら、その選択をねじまげることができた……？

『小鳥たちの鳴き声』が最後まで流れきる。

だが、リピート再生にしているので、二周目がはじまる。やがて、

（私は夢を叶えた。子供のころからの夢を叶えたのよ……）

と、また流れるサビ。

目を閉じたまま、二咲は涙する。――起業や経営にはつらいことがいっぱいあった。私が何度『小鳥たちの鳴き声』の優しいメロディと歌詞に救われたことか。お姉ちゃんは馬鹿だ！　大馬鹿だ！　こんなにいい歌を作っておきながら、絶望だかなんだか知らないけど、自分の命を自分で絶つなんて。

二咲がハンカチで涙を拭いていると、部屋に見た目四十代ごろの女がやってきた。二咲はイヤホンを耳から外す。カウンセラーだという自己紹介を聞くやいなや、二咲は自らすすんで、姉との思い出話を語りはじめた……。

（了）

フーダニット・リセプション

名探偵耗島桁郎《みりしまけたろう》、虫に食われる

第三に、小説の最初の部分を考える。それには、〝誰それが被害者殺害を決意した〟という文を作って、〝誰それ〟の部分にかかわりのある人間の名前を順にあてはめてゆけばいい。それから、小説の中間部分を作る。現実の小説《ロマンゾ》の、いかに、と、なぜ、の部分だ。こうしてできあがったいくつかの小説の大半はばかげているか、（もっとはっきり言えば）ありえないものだろうが、そうでないものもあるはずだ。

『ホッグ連続殺人』
ウィリアム・L・デアンドリア／訳＝真崎義博

◆CAST◆

佐野雅次《さのまさつぐ》
　語り手。高校二年生。
何村《なむら》ゆみ子《こ》
　雅次のクラスメイト。高校二年生。
佐野雅一《まさかず》
　雅次の兄。十九歳の探偵小説家。

1

「お邪魔しまァす」

　ぼくは挨拶をして、兄・佐野雅一の仕事場に足を踏みいれた。

　といっても、仕事場には誰もいない。誰もいないことをぼくは知っている。主人のいない部屋に勝手にあがるので、せめて挨拶だけでもしておこうという思い。ひとりよがりな礼儀にすぎなかった。

　ぼくの後ろから、何村ゆみ子が、

「お邪魔しまーすっ」

と、同じように声をあげて入ってきた。秋冬用のセーラー服。ピンクに染めたロングウェーブ。目立つ髪をした彼女は、太い黒縁のメガネをくいっと指であげて目を輝かせた。

「へえ。小説家の仕事場って、こんなんなのね！」

「いや、兄ちゃんは変わりものだから、普通がこうだとは思わないほうが……」

「ふうん。そうなの？」

「だってほら、小説家の仕事場ってわりに、パソコンもないんだぜ、ここ。おかしいじゃん。兄ちゃん、子供の頃から機械オンチだから、原稿は手書きなんだ。古株の大御所ならともかく、新人作家でそんなタイプって、滅多にいないよ」

「本当。パソコンがないわ」

何村は部屋を見渡して、頷《うなず》いた。

十九歳の兄は商業誌に探偵小説を連載している。本人は名刺を持っていないが、もし名刺を作るなら肩書きに〈小説家〉とか〈探偵小説家〉とか、そのようなものを使うだろう。

兄の仕事場はパソコンがない代わり、雑誌や辞書などアナログの資料が多かった。そして、ぼくはこのことに助けられていた。もしも資料がデジタルとしてパソコンの中に入っていたなら、パソコンにログインしない限り、資料が読めないからだ。実際はアナログなので、仕事場の鍵を持っているぼくにとって、ここは図書館代わりに使える環境であった。

今日もそうだ。

ぼくの通う高校では毎年十月に学園祭が行われている。来月に迫るこのイベントで、ぼくと何村の班は、地元の伝統工芸に関するパネル展示を行うことになっていた。

「それなら、兄ちゃんの仕事場に資料があった気がする」

今日の昼休み、ぼくがそういったため、ぼくたち二人は学校帰り、ここにお邪魔しているというわけだ。班のほかの人たちは部活動だ。帰宅部なのはぼくと何村の二人だけだったのである。

ちなみに兄は取材旅行中。帰ってくるのは、二、三日後の予定であった。だから、ぼくたちは無許可でこの部屋に侵入していた。ただし無許可といっても、主《あるじ》が許可申請を求めていないからにすぎないともいえる。ぼくが勝手に出入りしていることはバレていたが、黙認されていた。

ぼくは雑誌や書類の山を踏まないよう、気をつけながら、部屋の隅に向かった。たしか、あの辺の〈山〉だ。美術館でいつぞやに行われた伝統工芸展示のパンフレット。それが、あの辺にあった気がする。

後ろから、何村の笑い声が聞こえた。

「パソコンはないけど、コーヒーメイカーはあるよ。機械オンチなのに、これ使えるの？　わっ、中にコーヒー入ってる。ちゃんと使ってる。ふふふっ」

「そこまで機械オンチってわけじゃないさ。……つうか、あんまり置いてある物に触らないで。何かあったら、ぼくが怒られる」

ぼくは後ろを振りかえらずに答えた。さっさと目当てのものをサルベージして、さっさと退室しよう。心当たりのある場所まで来たぼくはしゃがみこみ、一冊ずつ丁寧に移動させ、パンフレットを探した。

後ろでは何村が、

「うん。触ってないよ。見てるだけ――」

といったあと、再び、笑い声をあげた。

「――あっ、これ、原稿だ！　うわあ、ぎっしり文字が書いてある。すっごおい。こうやって原稿用紙にいちいち書いて、がんばってんのね。へえ！」

パネル展示にどういう資料が必要か。その判断をしたいから――何村がそういったので、ぼくは彼女をここに連れてきたのであった。だが、いまの興奮っぷりと、資料に対する無関心っぷり、二つをあわせて考えるに、資料の必要性の判断は口実にすぎず、実際はこの部屋に対する好奇心からの同行だったのかもしれない。


――そんなことを考えながら、ぼくが資料を探していると、

「きゃっ！」

突然、何村の甲高い声が部屋に響いた。

きゃっきゃっと騒ぐときの、うれしそうな〈きゃっ〉ではない。

肝を冷やすような〈きゃっ〉である。

肝を冷やしたぼくは振りかえった。そして肝を冷やしただけでなく、背筋を凍らせた。なんと、何村はコーヒーメイカーをひっくりかえしていたのである！　兄の仕事机の上に、コーヒーの溜《た》まりができていた。

「馬鹿ッ」

「ごめんっ！　本当、ごめん！」

何村は近くの紙束を使って、こぼれたコーヒーを吸い取りはじめた。さらにほかの紙束を雑巾のように使って、仕事机を拭く。

「ごめんね。触るつもりはなかったの。肘が当たっちゃったの」

そう謝る何村。だが、彼女の手元を凝視したぼくは、

「馬鹿、馬鹿！」

「えっ」

「雑巾にしてんの、原稿じゃん！　そんなので拭かないで！」

またもや、背筋の凍る思いである。いや、凍る思いどころではない。凍る思いを通りこし、今度は、凍った背筋が粉々に砕かれる思いを味わった。

「ぎゃあっ！」

「まずいよ、何村さん。それ、ボツ原稿じゃなかったら、兄ちゃん、めちゃくちゃ怒るよ……」

よく見ると、仕事机を拭いた紙束だけでなく、コーヒーを吸い取るために使われた紙束も原稿用紙であった。この女は小説家の仕事場にある原稿用紙にコーヒーをこぼし、べつの原稿用紙でコーヒーを吸い取りながら、さらにべつの原稿用紙で仕事机を拭いたのだった。むちゃくちゃだ。

何村はしゅんとし、ポケットから出したハンカチでコーヒーを拭きはじめた。

2

被害は軽くなかった。

ぼくは原稿を一枚一枚、丁寧に広げた。コーヒーを吸い取るために使われた原稿。雑巾代わりに使われた原稿。どちらもヨレヨレのボロボロである。コーヒーのしみと、雑巾代わりに使ったときにできた穴によって、原稿のあちこちが判読不能になっていた。

「ボツ原稿だよね、きっとそうだよね」

と、願うような口ぶりの何村。

ぼくはざっと原稿を読んだ――判読不能な箇所をスキップしつつ。

二つの原稿用紙の束は、同じ物語の原稿を二つに分けたものであった。内容とナンバリングから判断すると、どうやら短編の後半部分のようだ。原稿の最後には〈了〉という、気合いの入った丁寧な一文字が添えられていた。その一文字を見て、ぼくは首を横に振った。

「駄目だ。たぶんこれ、ボツ原稿じゃないよ」

「えええ」

「どうしよう、兄ちゃんに殺される」

手書き原稿だ、電子のデータはない。コピーでも取っていればバックアップになるが、兄がそんな手間をかけているのは見たことがない。原稿を雑巾にされてしまう事故など、想定外だろうし。

何村はまるで蚊を叩《たた》くように、ぱちんと、顔の前で両手をあわせた。

「ごめんっ」

「もういいよ。ぼくも資料探しに気を取られていて、しっかり注意してなかったしね……」

何村をもっと責めたい気持ちがないわけではなかったが、それ以上に、これからどうするか、案ずる気持ちのほうがはるかに勝っていた。その気持ちはぼくの顔にはっきりと表れていたのだろう。

何村は胸を張り、

「私、責任取って弁償する！」

といった。

「えっ」

弁償？

「規定の原稿料を払うってこと？　兄ちゃんは新人だから、そんなに高い額をもらってるわけじゃないけど、さすがに、高校生のおこづかいで払えるような額じゃないよ？」

でも、もしかして、何村の家って金持ちなのかな。ちょっと常識外れなところがあるし、なんとなく、そんな雰囲気はある。

とはいえ、事はお金の問題ではない。

「それに、仕事ってさ、お金をもらえたらOKってもんじゃないじゃん。次に繋《つな》げる、っていうのかな、そういうのあるじゃん。たとえば、兄ちゃんは何村からお金をもらっても、締め切りを守れなかったという事実を動かせないわけでさ。やっぱり、仕事的にはマイナスなんだよ。

むしろ、弁償代ってのは、兄ちゃんがかえって気を使うって。だから、ここは平謝りしかないよ」

「違う。だいいち、私、そんなお金ないし」

何村は首を横に振った。お金持ちではなかったようだ。

「弁償ってのは、原稿料じゃなくて、原稿そのものだよ」

「原稿……そのもの……」

「私がいまから原稿の破損部分を埋める！」

「はあ？」

斜め上の発想である。

「いや、いくらなんでも無理だって」

「どうして？」

どうしても何も。

ぼくが返答に詰まっていると、何村はいう。

「破損部分を埋めるだけだから、お兄さんが帰ってくるまでにできる」

「できるかなァ」

何村は両手を広げて、

「それに、これは誠意の問題よ」

「誠意？」

「私の補完した作品が、仮に使いものにならなくてもね、〈ここまで労を惜しまずに復元を試みたんなら、許してやろう〉って気になるじゃない」

はたして、そうなるだろうか？

ぼくが疑っていると、何村は続けていった。

「それにね――」

何村はメガネの黒縁を指で挟んで持ちあげた。電灯の光を反射して、メガネのレンズがきらりと光った。

「――じつは、私、将来は小説家になりたいのよ。今回、もしうまくいったら、私の書いたものが雑誌に載ることになる。そしたら私としても、とてもうれしいわ」

それが本音か。

3

ちゃっかり自分の原稿を載せてもらおうという考えには誠意のかけらも感じられないが、いっぽうの〈平謝りする〉という案に準備はいらない。兄が帰ってくるまでに代理の原稿を作っておくというのは、案外いいのかもしれない。

何より、何村がやる気まんまんであった。彼女はぼくの意見を待たず、復元作業に取りかかった。

一枚目の原稿用紙には「犯人当て探偵小説　割れた陶器（解答編）」とある。解答編というからには問題編があるのだろうか。ぼくたちは腰をあげ、問題編が載っていそうな雑誌を仕事場の中に探した。

けれども、ぼくは思いだした。

この犯人当ての問題編はまだ雑誌に掲載されていないのである。先日、兄と一緒に晩ごはんを食べたとき、そう聞いた。だからこの部屋に問題編があるとすれば、それは雑誌ではなくまだ原稿用紙の形であるはずだ。

ぼくがそのことを何村に教えると、彼女は腕組みをした。

「うーん……」

これ以上、この部屋にある原稿用紙をかき回したくないのであろう。また何かをひっくりかえし、何かの原稿をおじゃんにしてしまうおそれがある（その意味では、復元作業さえ諦めて、さっさと帰るのがいちばんな気もするが……）。そんな危険をおかしても、結局、この部屋に問題編の原稿はないかもしれない。

何村はふたたび腰をおろして、

「ま、その点はなんとかなるわ。たぶん」

といい、兄の作品「割れた陶器」の解答編に視線を落とした。

彼女が読んだ原稿用紙を一枚ずつ、ぼくは受け取った。そして、読む。つまり二人だけのバケツリレーのような形で、ぼくたちは作品を最後まで熟読することになった。熟読といっても、破損箇所があるため、飛ばし読みが不可避であったが。

兄の作品は次のような内容であった（ただし左記においては、破損した箇所のうち比較的すぐに補完できたところはすでに補完してある。前後の内容から推測できるそうした部分がほとんどだったのだが、それでも、困難な部分はあった。そういう部分を■として示し、さらに、それぞれにアルファベットを振った。むろんこれらの作業は実際にはのちに行われた）。

◆◆◆

犯人当て探偵小説　割れた陶器（解答編）

作・佐野雅一

●登場人物●

・富山信蔵《とやまのぶぞう》……屋敷の主人。犯人ではない。
・寛子《ひろこ》……信蔵の長女。大学生。
・亮夫《りょうお》……信蔵の長男。大学生。
・真子《まこ》……信蔵の次女。高校生。
・粍島桁郎《みりしまけたろう》……私立探偵。犯人ではない。

富山邸二階の座敷――。

粍島探偵は《A》■■に席を外してもらった。彼女は素直に一階に下りていった。これで座敷には富山信蔵と二人だけとなった。二人は座り、向かい合った。

粍島探偵は切り出した。

「ご主人。あの陶器を割った犯人が分かりましたよ」

座敷の床の間には一枚のクロスが敷かれている。クロスには「宝」という字の入った帆を持つ船「宝船」が描かれていた。一種の縁起物であるが、運悪く、そのクロスの上に置かれていた陶器は割れてしまった。

割れた陶器は、いまだ、クロスの上に置かれてある。取っ手付きの水差しのような——空を見あげる鶴のような——さしもの美しい形状も、無残なるかな、四、五の破片となってしまっていた。「寿」という文字は事件前まで、座敷の中央に向けられていたが、今、その字を持つ大きな破片は、クロスの上で俯せになっている。まるで、うちひしがれているようだ。

富山は身を乗り出し、

「ほう。早いもんだな」

と言った。

「急ぎましたよ。寛子と真子は、夕食前に旅行に発《た》つ予定だそうですからね。間を空けないためには、それまでに解決したほうがいい、と思いまして」

亮夫は旅行の予定をあまり事前に決めるタイプではないそうだ。そんな彼と違って、寛子と真子は予定を事細かに決める。今回も今日の夕食前に出発しないと予定が早速バタバタと崩れてしまうのであった。

座敷のデジタル時計は十七時を示している。

富山は尋ねた。

「それで……、やはり、あの三人の中に犯人がおるのか」

粍島は頷いた。

「ええ。残念ながら、そうです。犯人は寛子、亮夫、真子のうち、とある一人です。その一人に至る迄《まで》のプロセスを順に説明しましょう。まず注目してもらいたいのが……、あの箱です」

そう言って耗島探偵が指差したのは簞笥《たんす》の上だ。そこには絵も文字もない箱が一つ置かれていた。

耗島探偵は説明する。

「割れた陶器は、ご主人が昨日、骨董市《こっとういち》で買ってきたものです。あの陶器はセットになっていて、全く同じものがもう一つあります。そのもう一つは、今朝まであの箱の中に仕舞われていました。けれども、もう一つの陶器は今朝、ご主人の思い付きによって、あの箱の中から裏庭の小屋に移されました」

「そうだな」

「しかし、簞笥の上に残された、あの箱なのですが……」

探偵は腰を上げて、簞笥の上から箱を取った。

「結び目に注目して下さい」

「アッ。いつの間にか、蝶々《ちょうちょう》結びになっとるじゃないか」

「そうです。ご主人が結んだときは、ご主人が登山で覚えた特殊な結び目が使われていました。ですが、今は見ての通り、ただの蝶々結び。よって、この箱は誰かによって開けられたということです。この箱を開けた人は、閉めるときにご主人の特殊な結び目を再現できなかったのでした。

では、何故《なぜ》、この箱は一度開けられたのでしょう？」

富山が少し考えた後、口を開いた。

「《B》[redacted]ためか」

「でしょうね。そうすれば、その場凌《しの》ぎにはなります。

けれども現実には、そのとき既《すで》に、もう一つの陶器は裏庭に移されていました。だからその策は実行されず、箱の結び目が蝶々結びに変えられるだけに留《とど》まったのです。……犯人にとっては不本意なことに、です」

　耗島は箱を箪笥の上に戻し、座布団に腰を下ろした。

「この一連の行動を取るためには、あの箱の中にもう一つの陶器が入っていると、勘違いしていなければなりません。この条件から、私は外部犯――例えば、たまたまこの部屋に入った泥棒――の可能性を消すことにしました。そういった人はもう一つの陶器の存在を知りませんから。

　なお、この条件は同時に、寛子、亮夫、真子のうち一人を容疑者のリストから外すのであります。というのも、もう一つの陶器の存在についてご主人が口にしたのは朝食の席だけですからね。朝食の席にいなかった《C》[redacted]も、この論理で容疑者リストから外されます」

　耗島探偵は微笑《ほほえ》み、さらに、

「また、これとは別の論理をもってして、ご主人もまた容疑者リストから外れます。論理というほどのものではございませんがね、朝食の席から事件発覚時まで、私とご主人はずっと行動を共にしていました。あの箱の中にあった陶器を裏庭に移したのも私が同伴してのことでしたね。ですから、互いにアリバイが成立すると見ていいでしょう。私も、ご主人も、犯人ではありません」

　と言った。富山は苦笑した。

「いや、耗島君。そんな面倒くさいことを言わんでもええじゃないか。儂《わし》が自分の物を壊したんなら、いちいちこんな騒ぎにはせんよ。『壊してもうた。あちゃあ』で終《しま》いや。儂が犯人っていうのは、普通に考えて、ありえん」

「そうなんですけどね。証明できることなので、一応」

「そうかね」

「これで容疑者は二人に絞られました。ところで《D》[redacted]は今日の十三時、この座敷に入ったそうですね。『十三時の時点で花瓶はまだ無事だった』という証言を行いました。『電話しながら何の気なく床の間に目をやったが、花瓶はそこにあった。宝の字も寿の字も見た覚えがある』ということだそうです。十三時というこの時刻はよく覚えておかねばなりませんね」

　耗島探偵は座敷の壁に掛かった時計を指差した。

「《E》[redacted]は今朝、私たちが陶器を床の間にセットした時刻から、十四時まではアリバイがあります。高校の校庭で部活動をしていましたからね。このアリバイは同じ部活動のメンバーから裏を取ることができましたよ。ただし、十四時からあとはアリバイがありません。

　一方、《F》[redacted]は十二時半からついさっきまでアリバイがあります。というのもこの時間帯、ご存じの通り、私たち二人と一緒に行動していたからです。さっき席を外してもらうまで、片時も離れていませんよね。ですが、この人は、朝食の席のあとから十二時半までの間はアリバイがありません。

　十三時の時点で花瓶は壊れていなかった、という《G》[redacted]の証言ですが、《H》[redacted]から、この証言は信じることができるといっていいでしょう。よって、《I》[redacted]の犯行は不可能となり、消去法を用いて、犯人がただ一人に限定されます」

粍島探偵は人差し指を伸ばして、

「ただし」

と、力強く付け加えた。

「今の論理には、矛盾点がございます。お分かりでしょうか？」

富山は首を傾《かし》げる。

粍島探偵はさっさと答えを告げた。

「十三時の時点で、寿の字と宝の字が二つとも見えた、ということです」

富山はまだ、首を傾げたままだ。

「寿の字は陶器に描かれた字であり、宝の字は陶器の下に敷かれたクロスに書かれた字です。しかし宝の字は、宝船の帆に描かれた字であり、クロスの中央近くに位置しています。ですから今朝、陶器を置いたとき、宝の字は陶器の下に隠れて見えなくなったのであります。これが証拠でありま
す」

粍島探偵はポケットからデジタルカメラを取り出し、今朝の写真を富山に見せた。富山は、ほう、と息を漏らした。

「そういえば、君は写真を撮っておったな」

「たまたまですけどね」

写真の中では、陶器に敷かれて、宝の字が完全に隠れている。取っ手の部分は、床の間の奥にある壁に当たっている。陶器はこれ以上、奥に入りようがない。

そのため、宝の字が露《あら》わになるには、取っ手が壁に当たらないよう陶器を別の向きにする必要が

ある。だが陶器を別の向きにすると、今度は陶器に書かれた寿の字が床の間の左右の壁に隠れて見えなくなる。

普通に置く限り、宝の字と寿の字を両方同時に見ることは不可能なのだ。

しかし、宝の字も寿の字も見た覚えがある、という証言がある。

ここに矛盾があった。

粍島探偵がこの矛盾を指摘すると、富山は片眉をあげた。

「ふむ。矛盾は分かった。しかし……、どういうことだね。クロス自体の位置が手前にずれていたということかね？　床の間の広さと、クロスの大きさはあまり変わらん。それでも少しぐらいなら、ずらすことができそうだが……」

粍島探偵は首を横に振った。

「いえ、床の間の前端には、埃《ほこり》がたんまりと積もっております。《J》[redacted]から、これまた矛盾となります。その解釈では、矛盾を解消できませんね」

「ではなんだね、『電話しながら何の気なく床の間に目をやったが、花瓶はそこにあった。宝の字も寿の字も見た覚えがある』という証言が嘘《うそ》だったわけかね。で、《K》[redacted]こそ犯人だというわけか。ん？」

それも違います、と粍島探偵。

「《L》[redacted]は犯人ではありません。何故なら、先程も言った通り、《M》[redacted]から」

「じゃ、どういうことなんだね！」

「十三時の時点で既に、陶器は取っ手を失っていたのですよ」

「何だって」

富山は目を剝《む》いた。

「取っ手が失われているのであれば、本来よりも陶器は奥に置くことができます。寿の字を正面に向けたままですね。この場合であれば、宝の字と寿の字の両方を同時に見ることができるのであります」

「成程《なるほど》！　だが、すると……」

富山が言いかけたその言葉を、粍島探偵が続けた。

「そうです。十三時の時点で実は、既に陶器は壊れていたのです。今回の事件、陶器は壊れたといっても、粉々に砕けたわけではありません。四、五個の破片になっただけですから、積み木の要領で組み合わせることができたのです。それが一見、まだ壊れていないように見えたのでしょう。勿《もち》論《ろん》これもまた、犯人の手による『その場凌ぎ』の誤魔化《ごまか》しなのでした」

「その場凌ぎで誤魔化すためなら、どうして、組み合わせた破片を元の位置に置かなかった？」

「場所が違うことに、組み合わせたあとに気づいたんでしょう。動かしたら崩れてしまうおそれがあります。隠蔽《いんぺい》工作を行っている間に、誰かが座敷に入ってくるかもしれませんからね。細かい位置なんぞ致命的な問題にならない、そう考えたのだと思われます」

「どうして取っ手も復元しなかった？」

「先程、積み木の要領で元に戻す、と言いました。接着剤を使っているわけではないのですよ。取っ手のように出っ張った部分は、組み合わせてもぽろりと落ちてしまいます。だから、取っ手を復元することはできなかったのです」

「いや、待ってくれ」

富山は床の間に目を向けたあと、もう一度、粍島探偵の顔を見た。

「事件発覚時、陶器の破片は決して積み木のように組み合わせられていなかったぞ。今のように将棋崩しの山のようになっていた。これは誰がやったんだ？　犯人か？」

粍島探偵はにやりと笑った。

「そこが今回の事件で、ちょっと面白い点でしてね、もしそれを犯人が行ったとするなら、犯人は十三時の前後にそれぞれ、アリバイのない時間を持っていなければなりません。ところが、この条件を組み込んでしまうと、犯人なしとなってしまいますよね。

だから、これは、こういうことなのですね！」

そう言い、粍島探偵は立ち上がった。

《N（最大の破損箇所で字数不明。およそ四百字～六百字相当？）》

「たしかにそうだ、それに違いなかろう」

富山は納得したようだ。

粍島探偵は座布団の上に座り直した。

「さて、こうして、十三時という時刻の持つ意味が大きく変わりましたね」

「そうだな。ということは、《O》■■■■■■■■■■■■■■■■■■■■■■から……」

富山と粍島探偵は目を合わせた。

「《P》■■が犯人か」

粍島探偵は頷いた。富山が低く唸《うな》った。

「全く。いらん隠蔽工作なんぞしおって。素直に名乗りでれば許してやるものを……」

なお、その夜、《Q》■■は夕食抜きとなった。

了

◆◆◆

原稿は以上だ。

4

「はぁ……」

ぼくはため息をついた。

「……かなり、元に戻ったんじゃないか?」

原稿では■がごく一部だが、それは、すでにぼくたちが補完作業を進めたからである。■でないところの多くにもひと手間かかっている。

ちなみに■一つにつき一文字が対応する。たとえば《A》■■というのは二文字の何かということだ。Nの箇所では一枚半の原稿用紙がものの見事に屑《くず》化しており、字数を判断するどころの話ではなかった。それでも敢《あ》えて推測するなら四百字くらいから六百字くらいに相当する分量の文章があったと見られる。

何村がコーヒーをこぼしてから随分の時間が経《た》った。窓の外は暗くなった。そろそろ作業を切りあげないと。

何村はデータを整理した生徒手帳と、床に広げた原稿用紙を見比べつつ、

「うん。戻ってる、戻ってる！　この作業、結構、面白いねえ」

ぼくは少し呆《あき》れた調子でいってやった。

「楽しそうだね」

「楽しいじゃん――」

そうかなァ……。

「――たとえば、ほら、陶器の下に宝の字が隠れていた証拠を、耗島探偵が出す場面なんて、クロスワードパズルを解いているみたいだったじゃない？」

何村がいっているのは、耗島探偵がデジタルカメラをポケットから取りだす場面である。この箇所もしっかりとダメージを受けていて、完全には読めないようになっていた。〈写真〉というキーワードも潰れかかっていて、

「こいつら、何を見て話をしているんだろう？」

と、ぼくたちは首をひねったものだ。やがて、ポケットから出したものはカタカナ七文字っぽいわ、と何村が指摘した。真ん中の文字はよく見ると〈ル〉らしいわ。こっちの文字は〈写真〉じゃないかしら。あっ、だったら——と、こんな具合に、文章が補完された。ここまでの作業は、おおむねこのような感じ。これでまだ〈比較的すぐに補完できたところ〉扱いだ。

クロスワードパズルっぽい、という何村の感想はわかる。

だが、楽しい、という感想はちょっとわからない。

ぼくたちは下校の途中でここに寄ったのだ。まだ夕食も食べていないのである。お腹《なか》が減った。今日は体育もあったから疲れた。眠たい。明日までにやらなきゃいけない宿題もある。帰りたい。つまり、楽しくない。

ここまで補完作業を終えたなら、〈誠意を示す〉という目的は達せられたのではないかと思うが、何村はあくまで補完作業を完遂したいようだ。

「さ、もう一息よ。やるわよ！」

楽しそうである。おそらくパズルが好きなのだろう。小説家志望といい、パズル好きといい、今日は何村の新しい一面を見た。

「あとは、後回しにした箇所ばかりね。完全に潰れて読めない箇所とか、人名の箇所とか……」

何村のいう〈後回しにした箇所〉が■のことだ。

人名、これが手強い。原稿では人名部分のほとんどが■で埋まっている。しかしこれは〈偶然にも人名部分だけがコーヒーで潰された〉というわけではない。人名前後のほかの単語も何かと潰されていた。しかしそれらは文脈を考えてすでに補完できたのである。いったん補完できるところを補完した結果として、まるで人名を狙ったかのような状態になったのであった。

事実、同じ人名でも、会話の中で言及されるだけのＣやＤと違って、地の文で会話をしている〈富山〉や〈耗島探偵〉は基本的に復元できた。どうも部屋には二人しかいないようだし、各文の主語がどちらであるか、推理しやすかった。

〈寛子〉〈亮夫〉〈真子〉の三人については、字面がわりかし似ているのも憎い。〈桜〉〈太郎〉〈アリス〉とか、そういうのだったら字数も違っていて判別しやすかっただろうに。

「後回しにしたところでいちばん簡単なところは……」

何村は、生徒手帳をぱらぱらとめくって、

「……ここね、Ｊの箇所」

ぼくは原稿用紙を一枚一枚めくる。

「えっと、Ｊ、Ｊと……」

ぼくたちは未回復の各箇所に、アルファベットを書いた付箋を貼っている。作業をしやすくするためであった。


「いえ、床の間の前端には、埃がたんまりと積もっております。《Ｊ》■■■■■■■■■■■■■■■■■■■■■■■から、これまた矛盾となります。その解釈では、矛盾を解消できませんね」

「ああ、ここね。ここ、わかるの？　完全に潰れてる——というより、原稿用紙が破れて穴が開いているんだけど」

「うん。ここはほら、〈クロスが前にずらされていたことで、宝の字と寿の字の両方が見えるようになっていた〉っていう可能性を否定する場面じゃん」

ぼくは頭の中で前後のことを整理したあと、頷いた。

何村はシャーペンを細い指でくるくると回しながら、

「その流れで埃に注目しているんだから……。それに、えっと、二十五文字だから――」

《J》クロスを前にずらすと、埃は拭きとられていたはずです
「――こうね。一字一句違わないかといわれると微妙だけど、内容的に同じなら問題ないでしょう」

ぼくはJに何村の案をあてはめ、前後を読んでみた。たしかにしっくりとくる。

「問題ないよ」

「ふふふっ。ここまでくると、今度はクロスワードパズルというより、虫食い算みたいね」

「ほかにわかるとこ、ある?」

と、ぼくが訊《き》くと、何村はいう。

「あとはねえ、わかりそうではあるんだけど……」

「Nの箇所は？　いちばん最悪なとこ」

原稿用紙一枚半ぐらいが駄目になったという、大惨事のエリアだ。

「あれは正直、ちょっと諦めてる。話の流れから察するに〈積み木のように組み立てた陶器が崩れた理由〉が書かれているんだろうけどね。その伏線は問題編に書かれていたんだと思う。でも一応、もしかしたら解答編にも何か伏線が書いてあるかもしれないし、解けないと決まったわけじゃない。だから完全には諦めてないけど。ただ、どっちにしても、まだ後回し」

といったあと、何村は生徒手帳を一ページめくる。

「ほかにわかったこととしてはね、たとえば、

◎　EとFには別の人名が入る。

◎　KとLには同じ人名が入る。

など、こんな感じでいくつか詰めることはできてるの。内容的にそうとしか考えられないからだけど。でもね、じゃ〈K＝L〉は誰かと、そういうふうに訊かれると、ちょっと答えられないわ。わかりそうなんだけどねェ……うーん……何かとっかかりがあればなァ……」

彼女は生徒手帳を床に広げて置き、腕組みをした。目線を下に落とし、生徒手帳に自分が書いたことを読んでいるようだ。

そのまま十分が経過した。

十分間、進展なし？　これはいけない。ぼくは率直に意見を述べることにした。

「あのさ――」

「ん？」

「――お腹すいたんだけど。もうやめない？」

「んっ？」

何村は訝《いぶか》しげな声を出す。

「ほら、夕食もまだだし。ぼくはお腹すいた。何村はすかないの？　もう帰らない？」

「うーん？」

「これだけでも、誠意は兄ちゃんに伝わるよ。それでも、もっとやりたいっていうんなら、明日やろう。とにかく、ぼくはお腹がすいた。今日はもう」

帰ろう、という最後の言葉は、

「オオッ？」

という声に邪魔された。


ぼくは訊く。

「〈オオッ？〉って、どういうこと？」

何村は、はしゃぎだした。

「ありがと、佐野君！　いまのは、いいヒントになったわ。夕食！　ということは……、ここがこうだから……、で、……ここはこうで、だからこっちは――」

何村は床に置いた生徒手帳の上に屈《かが》みこみ、シャーペンでがりがりと穴埋めの〈答え〉を書き殴りはじめた。

「――へへ。これで〈割れた陶器〉事件の犯人もわかった！」

5

ひとしきり〈答え〉を書き終えた何村は、生徒手帳から顔をあげた。黒縁メガネの奥で目がきらきらと輝いている。

「だいぶ進んだ！」

ぼくは殊勝にも空腹を我慢してその場にとどまっていた。

多少の苛立《いらだ》ちをおさえつつ、何村に訊く。

「どう進んだの」

「まず、人名を飛ばして、わかるところから埋めたの。最初はBね」


　では、何故、この箱は一度開けられたのでしょう？」

　富山が少し考えた後、口を開いた。

「《B》[redacted]ためか」

「でしょうね。そうすれば、その場凌ぎにはなります。


「ここは、箱を開ける理由を入れればいいんだから……」

といって、何村は生徒手帳の該当箇所を指でさす。

《B》割れた陶器を箱の中の陶器と入れ替える

生徒手帳にはそう書かれていた。ぼくは頷く。

「なるほどね」
「いい感じでしょ。じつのとこ、この辺はJを埋めた時点でも大体予想がついていたんだけどね」
「ぼくはもうへとへとになっていて、考えられなかったよ」
「次はH。これも同じように考えたらわかること」

　十三時の時点で花瓶は壊れていなかった、という《G》[redacted]の証言ですが、《H》[redacted]から、この証言は信じることができるといっていいでしょう。

胸を張って、生徒手帳の該当箇所を示す何村。書かれているのは、

《H》朝食の席にいなかったという事実で、既に容疑者リストから外れている者の証言です

「どうよ？　Hで述べられていることは〈どうして、十三時の証言を信じていいのか〉ということ

でしょ？　とすると、いかにもありそうなのは〈証言者が犯人ではない〉という確認。容疑者リストについては――」

　なお、この条件は同時に、寛子、亮夫、真子のうち一人を容疑者のリストから外すのでありますす。というのも、もう一つの陶器の存在についてご主人が口にしたのは朝食の席だけですからね。

「――という話があるわ。容疑者リストから外れているのは耗島探偵と富山信蔵と〈朝食の席にいなくて、もう一つの陶器の存在を知らない人〉。だからHでは〈十二時の証言者＝朝食の席にいなかった人〉という図式を示せばいいと思うんだけど」

　ぼくは前後を読みかえし、情報を整理した。

　要するに「割れた陶器」では寛子、亮夫、真子の三人が、

ア　もう一つの陶器の存在を知らない人（＝十二時の証言者）
イ　十二時より前にしか犯行ができない人
ウ　十二時より後にしか犯行ができない人

のうち、どれかの立場を一人ずつ担っている。

アが犯人ではないことは早々に説明される。イとウのどちらが犯人なのか、それがポイントとな

る。

　虫食い算を行っているぼくたちにとっては、寛子、亮夫、真子のうち、誰がアで、誰がイで、誰がウなのか、これが問題となる。

　何村はうきうきした調子で、原稿用紙をめくった。

「それからね――、ここ、M！　Mは絶対こう――」


　「《L》[redacted]は犯人ではありません。何故なら、先程も言った通り、《M》[redacted]から」

《M》既に容疑者リストから外れている者の証言です

「――Lが誰かはさておき〈先程も言った通り〉って耗島探偵がいってんだから、ここまでの推理をおさらいする感じのセリフが入る。そう思わない？」

　ぼくは納得した。原稿用紙をぱらぱらとめくって、

「随分と進んだな。絶望のNは無視するとして、これで人名以外、全部埋まったんじゃないか？」

「ううん。まだOがある」


　「さて、こうして、十三時という時刻の持つ意味が大きく変わりましたね」

「そうだな。ということは、《O》[redacted]か

ら……」

富山と耗島探偵は目を合わせた。

「《P》[redacted]が犯人か」

「あ、でも、これも……。Pはわからないけど、Oのほうだけなら……」

「そ。ここまでわかったいまとなっては楽勝。Oに至る論理では、十三時という時刻の持つ意味がひっくりかえっているわね。そもそも全体的なことをいうとさ、この解答編って、前半では〈十三時＝まだ花瓶が無事である時刻〉とされるけど、後半では宝の字と寿の字が両方見えていた事実から、十三時にすでに取っ手が破損していたという推理が披露される。このことによって〈十三時＝花瓶がまだ無事である時刻〉がひっくりかえって〈十三時＝花瓶がもう割れていた時刻〉になる。わかる？」

「わかる」

「このひっくりかえりを売りとする小説だと思うのよ」

書評めいたことまでいう何村。

「売りかどうかは知らないけど、構造的には、そういうことだよね」

「ということで、Oはこんな感じでしょ」

《O》犯人は十三時より前に犯行可能でなければならない

ぼくは頷いた。

「〈十三時という時刻の持つ意味〉についてまとめている箇所だからな。これでNと人名を除いて復元できた？」

「と思う」

「人名はなァ……。〈こことここが同じ〉ってわかってる箇所があるから、一つわかると、ドミノ倒しみたいにぱたぱたと倒していけそうなんだけど――」

ぼくは、うーんと唸ったあと、

「――わかりそうにないね。じゃ、もう切りあげようか。お腹もすいたよね」

はっきりと口に出して、提案した。

それを聞いた何村は得意げな顔をして、

「そう、それよ」

といった。といっても、切りあげようという案や、お腹がすいたという気持ちに同意してくれたわけではないようだ。

「夕食ってのがポイント！　さっき佐野君が〈夕食〉というワードを口にしてくれたから、私、それで気づくことができたの」

彼女は最後の原稿用紙を床に広げて、

「解答編の最後を見てみて。Qに該当する人が夕食抜きにされているわ」

なお、その夜、《Q》[redacted]は夕食抜きとなった。

「されているね」

「これって、犯人に対する懲罰ってことでしょ？　となると〈P＝Q＝犯人の名前〉という図式が成立する。で、ここが重要なんだけど――」

何村は最後の原稿用紙の隣に、一枚目の原稿用紙を並べて広げた。

「――ほら、ここを読んで。耗島探偵のセリフ」

「急ぎましたよ。寛子と真子は、夕食前に旅行に発つ予定だそうですからね。間を空けないためには、それまでに解決したほうがいい、と思いまして」

「どう？　寛子と真子、この日はそもそも夕食を取る予定じゃなかった。だから、夕食抜きの懲罰を受けることができるのは、亮夫だけ！

つまり、
《P》《Q》亮夫
ってこと！」

「へえ……」

最後の〈夕食〉と序盤の〈夕食〉を結びつけることでここまでの推理をなすことができるのか。

大したものである。

「このロジックは、本来の読者が組み立てるようなものじゃないけどさ。本来の読者と、虫食い算を行う私たちのような読者では、当たり前だけど立場が違う。考える問題も素材も別だから、こういうふうに考えなきゃいけないわけ。これに気づいたとき、私、ぞくぞくってしちゃった」

「ぼくだったら、あと半日考えても辿《たど》りつけなかったよ」

本心だ。

何村は語気をいっそう強めて、

「さァ〈P＝Q＝犯人＝亮夫〉という強力な武器が手に入ったところで、いよいよ人名部分の一掃に取りかかっちゃおう。ここまでの流れを踏まえると〈どことどこに同じ人が入るか〉が手に取るようにわかるよね。そのうえで〈犯人は十三時より前に犯行可能でなければならない〉って条件に注意すると、細かい手順を省略することになるけど、結論としては……」

彼女が指さした生徒手帳の該当箇所には、

◎　朝食の席にいなかった人＝もう一つの陶器を知らなかった人＝十三時の証言者＝C＝D＝G＝I＝K＝L

◎　十三時より前に犯行が可能な人＝犯人＝A＝F＝P＝Q

◎　十三時より後に犯行が可能な人＝E

という図式が書かれてあり、それがラメ入りゲルの赤ボールペンによる波線《はせん》で囲まれていた。いかにも〈ここがポイント！〉という感じだ。たぶん何村は普段、こういうふうに授業のノートを取っているんだろう。

ぼくは頭の中で情報を整理しつつ、

「Aに該当する人が十三時より前に犯行が可能だっていうのは、どこから？」

細かい手順を省略すると何村はいったが、気になるところは気になる。

それはですね——と、改まった口調で何村はいう。教師が授業するときのような口調を、おどける形でまねているようだ。

「——まず、ここを見てください。Aのところです。

　　耗島探偵は《A》[redacted]に席を外してもらった。

次にこっちを見てください。Fのところです。

一方、《F》[redacted]は十二時半からついさっきまでアリバイがあります。というのもこの時間帯、ご存じの通り、私たち二人と一緒に行動していたからです。さっき席を外してもらうまで、片時も離れていませんよね。

どうでしょう？　この二箇所を照らしあわすと、さっきまで一緒にいたのがAであり、Fであると、わかりませんか」

「ああ、そこを根拠に使うのか。なるほどね……。そうすると、ぼくたちにはもう〈犯人＝亮夫〉がわかっているんだから……」

「そう。

《A》《F》亮夫

ってことね。いい感じ！　しっくり埋まるって、なんだか、快感！　で、あとは寛子と真子のどっちがEに該当するかを考えればいいわけ。でもね、これもわかってる」

「どうして？」

何村はまた、わざとらしく丁寧な口調になって、

「ここです、Eの箇所です。読みますね——、

《E》[redacted]は今朝、私たちが陶器を床の間にセットした時刻から、十四時まではアリバイがあります。高校の校庭で部活動をしていましたからね。


ここに〈高校〉って、書いてありますよ。これは大切です。

登場人物表によると、寛子は、

信蔵の長女。大学生。


ということでした。寛子は大学生だからEに該当しません。

寛子ではないなら真子ですね。

《E》真子

となります」

「となると、Eでないほうが寛子だから、

《C》《D》《G》《I》《K》《L》寛子

になるってわけか」

「証、明、終、了！　やった、N以外全部埋まった」

何村は生徒手帳をぱたんと閉じた。

「ここまですっきり埋まるなんて。ああ、いい気持ち！」

それから、彼女は立ちあがり、帰る支度をはじめた。

「Nだけ埋まんないのが悔しいけど、これはね、さすがにどうにもならないわ。原稿用紙が一枚以上どかんとお釈迦《しゃか》になったら、さすがにね。けど私、今晩、自分なりに考えたNを書いてみる。問題編の伏線を回収できないけど。それでも、もしかしたら、佐野君のお兄さんが気に入って、問題編の伏線のほうを変えてくれるかも！」

いや、それはないと思うが。

しかしなんにせよ、何村が作業を切りあげる気になってくれて助かった。最後のほうは、ぼくもなんだかんだいって楽しんでしまったが、空腹と疲労は解消されていないのである。

何村は原稿用紙をページ順に重ねた。お片づけである。

けれども。


「…………あれ？」


原稿用紙を手にしたまま、何村は動きをとめた。彼女の顔に陰りがさした。

「どうした」

「ここ……〈彼女〉って書いてあるわ……」

「〈彼女〉？」

何村は原稿用紙を床に置き、

富山邸二階の座敷――。
粍島探偵は《A》■■に席を外してもらった。彼女は素直に一階に下りていった。これで座敷には富山信蔵と二人だけとなった。二人は座り、向かい合った。

という原稿の冒頭を指さした。

「〈彼女は素直に一階に下りていった〉。Aに該当するのは亮夫のはずなのに。〈彼女〉じゃなくて〈彼〉なのに」

「本当だ」

何村は泣くんじゃないかというくらい、しゅんとした。

「私の答え、全然違ったみたい……」

ぼくは意識して笑みを作って、

「亮夫って、じつは女性なんじゃないか？」

「それはない。登場人物表を見て」


亮夫……信蔵の長男。大学生。


「たしかに長男と書いてあるな。でも古い小説なんかだと、女性を指して〈彼〉という代名詞を使うこともあるだろ。そういう感じかも」

と、ぼくがいうと、何村はすかさず、

「女を〈彼〉と記す場合はあるかもしれないけど、男を〈彼女〉と記すのはレアすぎない？」

「女装とか……」

「そういう描写が問題編にあったのかな……？　あっ、違う。それも駄目。見て、ここ。ほら――、
　亮夫は旅行の予定をあまり事前に決めるタイプではないそうだ。そんな彼と違って、寛子と真子は予定を事細かに決める。今回も今日の夕食前に出発しないと予定が早速バタバタと崩れてしまうのであった。

――だってさ。〈そんな彼と違って〉だよ？　さすがにこの文脈で〈彼＝亮夫〉以外はありえないでしょ？　女装をしていようがしていまいが、亮夫を指す代名詞は〈彼〉なんだ。女装していないと思うけど」

「じゃ、きっと、冒頭の〈彼女〉が誤りなんだよ！　兄ちゃん、本当は〈彼〉と書いたつもりだったけど、うっかり〈彼女〉と書いてしまったんだ」

「そうかな、私が間違えたんじゃないのかな」

　何村は眉毛を八の字にして俯《うつむ》き、名残惜しそうに、原稿用紙をはらりはらりとめくっていた。

「だって、ここまでパーフェクトに論理をつみあげたじゃないか。ほかに何が考えられる？」

　ぼくはいう。現実問題、何村の推理はパーフェクトだったと思っている。一体、どこに別解の余地があったというのか。

　何村は原稿用紙をめくりつづけながら、

「でもさ……、でもね……、いまの女装っていう視点は結構いいかも。いや、女装じゃないと思うけど……、そんなふうに、何か、何か、私たちがぜんぜん知らない情報がじつは潜んでいて、とか、

そういう……、そういう……」

などと、ぶつぶつつぶやいていたが、最後までめくったとき、

「あっ？　アアッ？　おおお？」

今日いちばんのへんな声をだした。


「どうした？」

彼女は顔をあげて、にかっと笑う。

「これなら、いける、かも」

「何が？」

「Nの直前に〈耗島探偵は立ち上がった〉って書いてる」

「だから？」

「問題編を読んでいない私たちにすっぽりと抜け落ちていることがあったんじゃないかってこと。やっぱ、そうなんだよ」

ヒントのような周辺情報をいうばかりで、なかなか正門を開けてくれない。ぼくはなおも訊く。

「どういうこと？」

「私、全部の筋が通る解釈を思いついた。さっきの〈彼女〉の矛盾も解消される。たぶん、これだ。わかった、わかった、私、わかっちゃった。Nに書いてある内容もわかったし、この犯人当ての犯人もね、あらためてわかったわ！　犯人は――」

はてさて、どういうことだったか？

6

それから、二か月が経った。

学園祭は無事に終わり、もちろんパネル展示も無事に終わった。某大衆文芸誌の先月号には佐野雅一の「割れた陶器（問題編）」が掲載された。

今月号に「割れた陶器（解答編）」が載る予定だと聞いている。今日はその発売日である。

「佐野くーん！」

帰宅部のぼくは放課後、何もせずに帰途につく。今日も今日とてそうであったが、一つ違ったのは、バス停のベンチに座っているときに後ろから彼女が駆けてきたことだ。ピンク色した長い髪、黒縁のメガネ。何村ゆみ子である。

ぼくの高校に通う生徒でこのバス停を使う人は少ない。また、大半の生徒は部活を終えてからだから、ぼくとは乗車時刻がずれる。ただ、ぼくと同じく帰宅部である何村については、こうしてここでいっしょになる機会ははじめてでもなかった。

バスを待っているのはぼくたちだけではないが、ほかの人は生徒ではない。

何村がいう。

「ねえ、もう買った？　読んだ？」

「いや、まだ見てもないけど……」

「ばばーん！」

ベンチに腰かけた何村は、カバンから件《くだん》の雑誌を取りだした。

「もう買ったんだね」

「しかも読んだよ。ふふふ。昼休みに抜けだして、買っちゃったのぉ！」

「で、どう？　載ってる？」

「うん！」

何村は声を弾ませる。「割れた陶器（解答編）」のページをぺらぺらとめくりながら、懐かしそうに、

「いやあ、まさか、犯人が寛子だったなんてねえ」

ぼくは彼女のめくるページを見ていたが、

「あッ――」

と声をあげた。

「――これ、すごいじゃん」

「うん？」

「挿《さ》し絵がついてるんだ」

これを聞き、何村が笑った。

「佐野君。先月号、読んでないね？　先月号の問題編にもついてたんだよ」

挿し絵はアニメ風の絵や写実風の絵でなく、版画風の絵であった。印象派の自画像のように、人を描いているとはわかるものの細かな顔立ちまでは見て取れない。そんな挿し絵であった。

それでも例の件は簡単に確認することができた。

挿し絵は解答編がはじまってすぐのところにあった。割れた陶器と思しきイラストが一つ。それを囲むようにして、人と思しきイラストが五つ。うち一人は和服を着ているようだ。位置的にも図柄的にも、ほか四人から浮いている。これは耗島桁郎探偵であろう。

残る四人のうち一人の姿はこれまた位置的に離れたところにあり、耗島探偵ほどではないにせよ、浮いている。富山信蔵と見て間違いない。

そして、残る三人のうち一人は——


——真ん丸に描かれていた。

巨漢である。

この巨漢こそ、亮夫なのであった。


二か月前のあの日、何村はこういった。

「私、全部の筋が通る解釈を思いついた。さっきの〈彼女〉の矛盾も解消される。たぶん、これだ。わかった、わかった、私、わかっちゃった。Nに書いてある内容もわかったし、この犯人当ての犯人もね、あらためてわかったわ！　犯人は——亮夫じゃないのよ。

ホラ、ここをよく読んでみて。原稿の最後のところ、

「《P》[redacted]が犯人か」

粍島探偵は頷いた。富山が低く唸った。

「全く。いらん隠蔽工作なんぞしおって。素直に名乗りでれば許してやるものを……」

なお、その夜、《Q》[redacted]は夕食抜きとなった。


私はこれを読んで〈P＝Q＝犯人〉って思いこんじゃったけど、これが間違いだった。冒頭部分の〈彼女〉問題を解決するには、ここを見直すのがいちばんだわ。


といっても、夕食を取る予定だったのは亮夫だけ。だからQに該当するのは亮夫。この図式は揺るがない。そのうえで亮夫が犯人でない、という可能性はあるかしら？　私はそれを考えたの。つまり、犯人でもない亮夫が夕食抜きになるシナリオね」

「わからないな」

「ヒントは二つ。①〈問題編を読んでいない私たちの知らない情報が、何か隠れているかもしれない〉。②〈粍島探偵はNの箇所に入る直前、なぜか立ちあがっている〉。私はこの二つをもとにして〈なお、その夜、亮夫は夕食抜きとなった〉で終わるシナリオについて〈ひょっとして、こう？〉というふうに思いついたのよ。条件を満たすシナリオというだけであって、これが真実の正解かどうかはわからないけどね」

あの日、彼女はそういって〈積み木のように組み立てた陶器が崩れたのは、十三時、座敷から出た亮夫が階段を下りるとき、その振動で崩れた〉説を披露したのだった！

ぼくはそれを思いだしつつ——、何村から雑誌を借り、Nに該当するあたりをその場で読みはじめる。

◆◆◆

耗島探偵はにやりと笑った。

「そこが今回の事件で、ちょっと面白い点でしてね、もしそれを犯人が行ったとするなら、犯人は十三時の前後にそれぞれ、アリバイのない時間を持っていなければなりません。ところが、この条件を組み込んでしまうと、犯人なしとなってしまいますよね。だから、これは、こういうことなのですね！」

そう言い、耗島探偵は立ち上がった。

そして座敷の外に出た。障子を開け放したまま、階段を数段だけ下りる。ただそのとき、耗島探偵はわざと力を込めて、ズシン、ズシンと、まるで階段を踏みつぶすかのようにして歩いた。

座敷がかすかに揺れた。

富山が声を上げた。

「おお。これは！」

耗島探偵は座敷に戻ってきた。

「そうです。十三時、亮夫が座敷に来たとき、陶器は積み木のように組まれていました。けれども彼が部屋から出て階段を下りるとき、今のような振動が発生して、その振動が陶器を再びばらばらにしたのであります。亮夫は百キロを超える巨漢でございます。彼が階段を下りるときの振動で、積み木が崩れることはありえるでしょう」

富山は苦笑した。

「亮夫の奴《やつ》め」

「しかしご主人。亮夫には、何の罪もありませんよ。別に陶器を割ったわけでもありませんし……」

「あいつ、大学の健康診断でもあれやこれやかなりの異常値だったそうだ。これを機に少々減量させる。早速、今夜の夕食は抜きだ」

「まあまあ、それは今回の事件とは別の話ですし、私の口を出すことではありませんね。今回の事件に重要なのは『どうして、組まれていた破片が崩れたか』でございますが、それは今説明した通りだと思われます。いかがでしょうか？」

「たしかにそうだ、それに違いなかろう」

富山は納得したようだ。

粍島探偵は座布団の上に座り直した。

「さて、こうして、十三時という時刻の持つ意味が大きく変わりましたね」

「そうだな。ということは、犯人は十三時より前に犯行可能でなければならないから……」

富山と粍島探偵は目を合わせた。

「寛子が犯人か」

粍島探偵は頷いた。富山が低く唸った。

「全く。いらん隠蔽工作なんぞしおって。素直に名乗りでれば許してやるものを……」

なお、その夜、亮夫は夕食抜きとなった。

◆◆◆

原稿がどうなるかという根本的な問題については、結局、何村による補完原稿がそのまま採用されることになった。兄の言によると、それは兄がもともと書いてあったものと――むろん表現こそ違えど――内容は同じであった。Nの箇所もだ。

こうして読めばわかる通り〈なお、その夜、亮夫は夕食抜きとなった〉という最後の一文は物語のオチであり、ジョークであったのだ（ジョークとしてスベっていないかどうかは別問題。一読者としてのぼくから見たら……ギリギリ、アウトかなぁ？）。

〈亮夫が巨漢である〉という事実が読者に隠されていたわけではないということには注意したい。兄から聞いたが、その事実は問題編に書かれてあった。だから本来の読者は〈亮夫が巨漢である〉という事実を頭に入れたうえで犯人当てを考えることができた。それればかりか〈座敷が振動する〉ことを仄《ほの》めかす描写さえあったそうだ。

なお、あの日ぼくたちが行った補完作業だが、Qに該当するのが犯人でなく〈十二時の証言者〉たる亮夫だとわかったあとはすいすいと進んだ。〈十二時より後に犯行が可能な人〉つまりEが高校生である、という条件は変わらないから、ここは真子だとわかる。

そうして〈十二時より前に犯行が可能な人〉つまり犯人は寛子となる。するとAにも寛子が入ることになり、冒頭の〈彼女〉という表記にも矛盾がない。一件落着となった。

ぼくは何村に雑誌を返した。

バスはまだ来ない。何村は食い入るようにして雑誌を読みだした。Nのあたりが開かれている。もう読んでいるだろうに。夢中で読みかえしていると見える。

ぼくは彼女に声をかけた。

「そこ、よく書けてるよね。前後と違和感ないじゃん」

「そ、そお？　そっかなァ？」

何村はページから目を離さずに、すました顔をして返事をしたが、目はしっかりと笑っていた。そして興奮気味に、そのまま次のページをめくった。そこは「割れた陶器」の〈最後の場面〉である。

本来「割れた陶器」は〈なお、その夜、亮夫は夕食抜きとなった。〉の一文で締めくくられることとなっていた。しかしコーヒーをこぼして、例の補完作業を行ったあの日、何村は最後に、「もっと誠意を示すために、私が最後に一場面だけ、つけくわえてみる！　そしたら佐野君のお兄さんもね、〈そこまでやってくれたんなら許すか〉って気になるでしょ？」

と、提案したのであった。のみならず、家に帰った彼女は、一晩でそれを書いてきた。

勝手に一場面つけくわえて、それのどこが誠意なのか、何に対する誠意なのか、てんで意味不明であった。意味不明ではあったが、彼女の意図は不明でなく明確だった。要は、ちゃっかり、自分の文章を載せてもらいたかったのである。例の補完作業の裏にも、そもそもそういう動機があったし。

何村から追加原稿をもらったとき、ぼくはそれを読んでいる。何村の書いた新しい〈最後の場面〉は、亮夫が夕食抜きとなり、不平不満をこぼす場面であった。〈夕食抜き〉というオチのジョークを膨らませて書いたのであった。

犯人でも被害者でもないのに割りを食った亮夫の道化っぷり。それを主軸にしつつ、そこに哀愁を絡めた。陶器事件の犯人が行った隠蔽工作に関する、富山信蔵の哀愁だ。原稿用紙にして五枚ほどの量にすぎなかったが、なかなか読みごたえがあった。

兄はこの追加原稿を受け入れた。しかも、このシーンは編集者に好評だったそうだ。兄が書いたと思いこんでいる編集者は、

「佐野先生、意外とひきだしが多いんですね。今回のようなラストが書けるんなら、毎回、そうしてくれたらいいのに。お願いしますよ！」

とまでいったそうだ（兄よ、もっとがんばれ）。


何村は雑誌をがっしりと広げて、自分の書いた追加場面を読んでいた。続けて、雑誌を広げたまま、角度を変えてぼくに見えるようにした。

「見て。私の書いたの、載ってるよ」

彼女の声は弾んでいた。

ぼくは頷いた。彼女は開いた雑誌の角度を、一度元に戻した。飽きずにまたまた読んでいるようだ。それからもう一度、角度を変えて、ぼくのほうに見せた。

「載ってるよ！」

彼女はさっきと同じことをいった。

満面の笑みを浮かべて。

◆◆◆

（解答まとめ）
《B》割れた陶器を箱の中の陶器と入れ替える
《H》朝食の席にいなかったという事実で、既に容疑者リストから外れている者の証言です
《J》クロスを前にずらすと、埃は拭きとられていたはずです
《M》既に容疑者リストから外れている者の証言です
《N》（略）
《O》犯人は十三時より前に犯行可能でなければならない
《A》《F》《P》寛子
《C》《D》《G》《I》《K》《L》《Q》亮夫
《E》真子

（了）

動くはずのない死体

おい、ブルース・トレーヴォートン。貴様がどんな手を使って戻ってきたのかは知らん。自然界のなせる業《わざ》なのか、貴様が仕える悪魔の仕業なのか。

『死者はふたたび』

アメリア・レイノルズ・ロング／訳＝友田葉子

1

自宅――信原《のぶはら》邸にて、休日の昼三時過ぎ。

「ねえ……、嘘《うそ》でしょ？　本当に……、本当に、死んじゃったの？」

三十路《みそじ》まであと数日の信原沙耶夏《さやか》は、キッチンの床で仰向《あおむ》けになっている夫に声をかけた。

もう一度、話しかける。

「このぐらいで、死なない、よね？」

夫は年が離れていて、四十代。その名は克則《かつのり》という。

筋肉質で身長は百八十近い。本来なら、体格差の目立つ沙耶夏が殴っても蹴ってもびくともしない。正直なところ、そういう甘えもあったと、沙耶夏は思う。殴っても蹴ってもびくともしない相手だからと、喧嘩《けんか》になったとき沙耶夏は夫を殴ったり蹴ったり、あるいは夫に物を投げつけたりしていた。

ついさっきもそうだった。

喧嘩の火種は、沙耶夏に内緒で作った借金。しかも、この家を担保に入れていた。詳しい話は怒りで忘れてしまったが、何かの投資で使うための金だそうだ。

借金といっても返せないわけがない借金だから、と克則はいった。沙耶夏にとってはそういう問題ではなかった。妻たる自分に黙って借金をしたことに腹が立って仕方がなかった。なんで事後報告なの？　一言相談してからでしょうが！　そう主張したが、へらへらと笑う克則には反省の色が見えない。

「真剣に聞いて」

といいながら、怒り任せで、手近なものを克則めがけて放り投げた。

いつものように。

しかし、もたらした結果は〈いつものように〉ではなかった。

何を投げたか、自分でもわかっていなかった。克則は酔っぱらいのように重心を崩し、不自然にふらふらとしはじめた。右胸ににょっきり生えている柄《え》を見て、沙耶夏ははじめて理解した。自分は包丁を投げてしまったのだ！

克則は何もいわず倒れた。自分にはダーツの才能があるのかしら？　などという場違いな思いさえかすめるほど綺麗《きれい》に、包丁は右の胸に刺さっていた。

そしていまに至る。――ねえ……、嘘でしょ？

沙耶夏は克則の顔を見る。目は開いたままだ。その目は、死体の目だ。鼻や口に手をかざすが、呼吸を感じない。

沙耶夏は確信した。克則は――死んだ。

沙耶夏はひとりごちる。

「どうする？　どうすればいい？」

一一〇番？　えっ、そりゃつまり自首ってこと？　だって、私は殺人犯……。

さまざまな思いが頭の中をかけめぐった、かと思うと、急速に頭の中がぼんやりしてきた。

頭の中が、へとへとなのである。

沙耶夏は今日、同僚との二泊三日旅行から帰ってきたばかりだった。昨夜は同僚とずっと話しこみ、ほとんど寝ていない。

いまも睡魔が沙耶夏を誘惑していた。

だからこそうっかり包丁なんてものを投げてしまったのかもしれない。

これからどうしようか――

――と決める前に、だ。こんな頭では一世一代の重要な判断なんてできない。まずは頭の中をしゃっきりとさせたい。

顔を水で洗うぐらいではだめだ。

カフェインが欲しい。

ただあいにく、いま家にはコーヒーも栄養ドリンクもストックがない。

けれど、近くにはコンビニがある。

「よし……」

沙耶夏は大胆な行動を選択した。

克則の死体を置いたまま、徒歩でコンビニに出かけたのだ。

「逃げてるわけじゃない。自首するにせよ、まずは眠気を吹き飛ばさないと……」

実際、そのままどろんしたわけではなかった。

今朝まで雨だったようで外の地面はぬかるんでいる。その上を歩いてコンビニまで行き、高めの栄養ドリンクを買った。そのあと、ちゃんとすぐに戻ってきた。

ただし……。

自宅に戻った沙耶夏は、

「あれ……？」


異変に気づく。

「なんで、あんたがここにいるの？　え、克則……、あんた、もしかして私が出かけているあいだに動いた？　死んでるのに……？」

2

沙耶夏が〈死んでるのに……?〉とつぶやくその場所は、克則を殺してしまったキッチンではない。

居間だ。

というのも、帰宅し靴を脱いだ沙耶夏は、まず、その場で栄養ドリンクの蓋《ふた》を外した。一気に飲みほし、

「もし警察に連行されるとしたら、写真を撮られるかもしれない。自首前に化粧だけはしておこう。そのぐらいなら許してもらえるだろう」

と考えた。あとで捨てようと考えて空き瓶を靴箱の上に置き、鏡台のある居間に向かった。

重大な異変に気づいたのはこのときだった。

そう、居間に彼がいたのである。

出かける前には、キッチンで寝そべっていたのに。

「なんで、あんたがここにいるの? え、克則……、あんた、もしかして私が出かけているあいだに動いた? 死んでるのに……?」

沙耶夏は居間のドアをふりかえる。はっきりと覚えているが、沙耶夏が居間に入るために開ける

まで、そのドアは閉まっていた。コンビニに出かける前にもだ。間違いない。
次に、死んでいる克則の顔をじっと見る。
死に顔を見ているうち、沙耶夏の脳裏にシーンが流れだす……。

――バタンと玄関のドアを閉め、カギをかける私。そのときのことだ。キッチンで寝そべってい
た克則が、死体であるにもかかわらず、むっくりと上半身を起こす。ゾンビ？　キョンシー？　ど
こかの魔術師のしわざ？　何か新種のウイルス？
とにもかくにも、克則の死体はそのまま立ちあがった。
表情は死んだときのままだ。
己《おの》が死を信じられない驚愕《きようがく》が顔にはりついたままだ。
私が殺した男。命を失った男。克則は表情も失い、宿命的に、その顔はデスマスクそのものにな
ってしまった。そんな克則が物言わず立ちあがった――……

沙耶夏の想像はとまらない。

――ひた……、ひた……。
ひた……、ひた……。
奇々怪々。歩きだす克則。
胸に包丁が刺さったまま、歩く。

ゆっくりと、しかし確実に一歩一歩歩き、キッチンから廊下に出る。

ひた……ひた……。

ひた……ひた……。

居間のドアの前にやってくる。

動く死体は顔を動かしてドアノブを見る必要もない。摩訶不思議《まかふしぎ》な動力同様、摩訶不思議な感覚がある。こわばった表情をまっすぐ前に向けたまま、すうっと動かした手で居間のドアノブを握る。

ドアが、ぎいっ、と音を立てて……。


——と、そこまで想像した沙耶夏は小さく悲鳴をあげた。後ずさりして死体との距離を数歩ぶん大きくした。

沙耶夏は自分にいいきかせるように、

「でも……、死体が動くわけない」

ここで、はっと気づく。

もし死体がひとりでに歩いて居間のドアを開けたのではないなら、必然的に、何者かがこの家に侵入したということになる。そうではないか？

死体と同じ屋根の下にいるだけでも、沙耶夏はうれしくない。そのうえ、自分の認識していない第三者が家の中に潜んでいる可能性がある、だと？

信原邸は二階建ての一軒家。セキュリティ完備のマンションの高層階とはわけが違う。たとえ戸締まりしたとしても、窓をぶち破る覚悟がある侵入者を防ぐことはできない。

先ほどまでの眠気はもう吹っ飛んでいる。
栄養ドリンクのおかげだ。

背中にいやな汗が流れるのを感じた。

沙耶夏は自分の口を手で塞《ふさ》いだ。誰かが家にいる可能性があるというなら、静かに行動すべきかもしれなかった。彼または彼女が自分の帰宅を歓迎しておらず、何かの口封じとして過激にも自分の命を狙う可能性。無視できまい。

「…………」

口に手を当てたまま、耳をすます。

高層ビルや渋滞とは無縁の町だ。コンビニに不自由するような土地ではないが、駅からは少々遠く、しかもその駅に急行はとまらない。沙耶夏は通勤時、バスで駅まで行き、職場の最寄り駅まで数十分ほど電車に揺られている。

土地代の安いベッドタウンだからこそ実現したマイホームといっていい。ただし克則が買った家ではなかった。三十年ほど前に彼の両親が買った家であり、要は克則の実家であった。彼の両親はすでに故人だが。

さていま、耳をすます沙耶夏に聞こえたのは、かすかな鳥の声ぐらいだった。職場で毎日聞こえる都会特有の喧騒《けんそう》は、この町では元より聞こえない。蟬《せみ》にもまだ早い。

沙耶夏は床に横たわる彼の顔をじっと見下ろして、思案を続ける。

コンビニに出かける前にキッチンにいた彼が、いつのまにか、居間にいる。この事実が示すことはなんだろうか？

①＝死体が動いた。

②＝この家に誰かがいる。

二つに一つ？
①にせよ②にせよ——勘弁してくれ、だ。
栄養ドリンクをわざわざ買いに行って飲んだのは大正解だったかもしれない。睡魔と闘っていたあのときの気力のままであったら、私はここでぶっ倒れていただろう。沙耶夏はそう思う。

護身が必要とされている。

沙耶夏は居間のドアを開け放しにしたまま、周囲を警戒しつつおそるおそるキッチンに移動した。克則を刺した包丁とはべつの包丁を取りだし、柄を両手でぎゅっと握った。克則の胸を刺した包丁を護身用の武器とするのはいやだった。いまは出血の目立たない状態だが、包丁を抜けば、きっと大量の血が出るからだ。

「そうだ、血……」

沙耶夏はあたりの床に視線を落とした。

大量というほどではないにせよ、胸の致命傷には出血がある。もし克則の死体が本当に歩いたというのであれば、胸からしたたり落ちた血がそれらしき痕となって床に残っているかもしれなかった。

沙耶夏は床に視線を這《は》わす。

キッチン、廊下、居間。ドアは開け放してあるから、これらの場所を沙耶夏の立つ場所から一直線として視界に入れることができる。キッチンにも居間にも窓から昼の光が充分にさしこんでいる。廊下も決して暗くない。だが床に血痕は見あたらなかった。

「でも……、胸の出血はごくわずかだった。立って歩いても血は床に垂れないのかも……」

ひとりごちる沙耶夏。

もう一度克則の様子を観察するが、服についた血痕の様子からも、克則が立ったかどうかの判別はできなかった。少し下に向かって垂れている気はするが、もともと立っていたときにできた傷だ。少し下に向かって垂れているのは当然だ。血がどれほど固まっているのかわからないうえ、専門的な知識がないので、垂れ具合から死体の立ちあがりを肯定することも否定することもできない。

観察しているうち、新たな仮説に思い至った。〈①＝死体が動いた〉〈②＝この家に誰かがいる〉に続く第三の仮説だ。
③＝克則はまだ死んでいない。

先ほどコンビニに出かける前、呼吸の停止を確認したが、克則は何かの方法で死を偽装していたのかもしれない。いやもちろん、胸に包丁が刺さった状態で死を偽装するというのは常人的な行動ではない。しかし、常人的ではなくともまだ現実的ではあると思うのだ。

沙耶夏は克則の死体に近づく。

「克則」

呼びかける。

「私、すっかりだまされちゃった。あんた、死んだふりをするの、めちゃくちゃに上手なんだね。でも致命傷じゃないとはいえ、その胸の包丁は痛くないの？」

床に膝をつき、克則の死体の肩に触って、

「病院行こうよ。私の負けだからさ……」

克則の死体を揺さぶる。

「ねえ……？」

ひきつづき克則の死体を揺さぶる。克則の死体を。克則の死体を。克則の死体を。克則の死体を揺さぶる、克則の死体を。

——そう、死体だよ？

——何をやっているんだ、私は！

死体に声をかけて揺さぶる自分！

沙耶夏は気を取り直して、

「本当に、死んだんだね……」

かくなるうえはいま一度、①②がもたらすことについて思慮すべきだ。
沙耶夏は克則の足を見る。

しかしながら——

——もし①だとしたら、これ以上死体が歩かないよう、足を切っておきたいぐらいだ。
そんな思いがよぎる。克則の足を切り落とすことを想像してみた。いくらなんでも実際に切り落とそうとは思わない。けれど、似たべつのことを現実的に検討しだした。
沙耶夏は克則の死体の傍《そば》で屈《かが》んだ。

「…………」

沙耶夏は包丁の先で克則の足をつつきはじめた。

①に関連して思いついたが、実際には①の対策というより、捨てきれずにいる③の対策である。もし死んだふりをしているだけであったり眠ったりしているだけであれば、飛びおきるのではないだろうか。そうなるかどうかを確認しようと思った。
チクリチクリと刺す。
沙耶夏としては飛びおきてほしかった。①も②もいやだ。そもそも克則に死んでほしくない。殺人犯になりたくない。それに、結婚前と比べると相当冷めていたとはいえ、殺したいほど憎い夫というわけではなかったのだ。

けれど、克則の死体はぴくりとも動かない。

当然だ。

死体なのだから。

「死んでる……」

沙耶夏はいっそう力をこめる。べつにグサリと刺すつもりはなかった。が、力加減を誤ってしまい、包丁が克則の足首を切った。刃の先端が皮膚の層を破いたのである。深く刺してしまったようだ。刃の先端を克則の足首から抜くと、皮膚の上に血の山ができた。表面張力によってできた血の山はすぐに崩壊した。細い血の川となり、床に流れて血溜《だ》まりを作りはじめた……。

3

沙耶夏からすると、克則は読書家の部類だった。

二階の一室は書斎だ。

ただ、沙耶夏などの感性では、書斎というとなんだか、大正の文豪が歴史的な仕事をする場所というような超俗的なイメージがある。克則の書斎は到底そのようなものではなく、単に物置の一種であった。本がメインだから二人は書斎と呼んでいただけ。机と椅子があるので読書もできるが。

克則は大学時代、工事現場でアルバイトをしていた。苦学生というわけではなかったはずだが、克則は夜も昼もおかまいなくせっせとシフトを入れた。本人がいうには、ある種のサークル活動のノリであり、いわばランナーズハイのようなものだった。重いものを持ちあげたり運んだりする機会が多い仕事であるため、ウエイトリフティングにハマる人と同じ心理だったかもしれないともいっていた。

かといって克則は学業をおろそかにしたわけではなく無事卒業。〈卒業したらウチで働いてくれよ〉とアルバイト先の上司が口癖のようにいっていたため、克則は実際にそのまま正社員となった。年を重ね、指示を出される側から出す側にスライドしたという変化こそあれど、克則は依然として工事現場を中心にして働いた。

克則は手先が器用で、家でもよくＤＩＹをしていた。棚やテーブルを作るほか、部屋のドアや窓を枠ごとまるまるつけかえたこともある。

克則の働く現場ではお得意の企業に予想外に待たされることが多かったらしい。職場でだいぶ自由が利くようになったころから、克則は社用のトラックに暇潰しのための本を数冊用意するようになった。それらの本はほかの人たちにも読まれた。

「床屋に本棚があるのと同じさ」

克則は沙耶夏にそう説明していた。沙耶夏が美容室の待ち時間に読む本といえば、二十代のモデルや女優が表紙の雑誌。健康記事や芸能ニュースなど、なかなか楽しんで読んでいる。

いっぽう、克則がトラックに用意していた本は雑誌ではなく単行本だ。もっと詳しくいうと、マンガや小説ではなく、〈何々をするな〉だの〈何々に学ぶ生き方〉だの〈これで何々がわかる〉だの、えらく主張性のある実用書や雑学本が多かった。テーマは健康、プロ野球、歴史、科学、自己啓発などとばらばら。が、古本屋の店頭で野ざらしになり格安で売られていた、という経歴が共通していた。ケチゆえである。トラックに積んで他人に好き放題読ませる本である。どうせすぐにズタボロになるだろう、ならばはじめからズタボロでかまうまい、という考えもあったと思われる。トラックの本のラインナップはときどき変わった。読み終わった本から消えていくという単純な図ではなく、克則が家でゆっくり読みたいと思った本が選抜されて家の中に持ちこまれるということもあった。

トラックから消えた本が捨てられることはほとんどなかった。書斎——すなわちこの部屋に溜められたのであった。


ぎぃ……。

いま、沙耶夏は書斎のドアを開ける。


ふう……、はあ……、ふう……、はあ……。

緊張した沙耶夏の呼吸音が、沙耶夏自身の耳に聞こえる。

先ほど一階で図らずも克則の足首を刺したあと、沙耶夏は本格的に家の中の探索を行いはじめたのだった。すでに一階の各部屋をまわり、誰もいないのを確認し終えている。外に繋《つな》がる窓はすべて内側からカギがかかっている。割られた窓は一つもない。裏口はない。

いまは二階を確認中だ。

といっても九分九厘、終えている。寝室などに人影や不審な形跡はなかった。

残るは書斎だけ。

探索する沙耶夏はいまもなお、護身のために包丁を握っている。足首を刺したときに刃についた血は、すでにペーパータオルで拭き取っていた。

書斎のドアを引いて開けた沙耶夏。

警戒しつつ、ドアの陰からさっと飛びでる。窓から充分な日光がさしこんでいる。机と椅子。本棚。本棚に並んだ本。床に積まれた本。いつも通りの光景だ。

書斎の中を見回す沙耶夏。

どうやら誰もいなそうだとわかった。

念のため、照明をつけて、

「そこにいるのは……、誰！」

はったりをかまして声をかけてみる。異変なし。

沙耶夏は書斎に踏みこみ、ほかの部屋でもやったように家具の裏や窓をチェックした。異常なしだ。よって、家に誰かが侵入した可能性はまったくないと断言できる。

ということは、

①＝死体が動いた。

②＝この家に誰かがいる。

③＝克則はまだ死んでいない。

「消去法で……、〈①＝死体が動いた〉ってこと？」

沙耶夏は小さく呻《うめ》いたあと、足もとの床に目を向ける。視線の先、つまり一階の部屋には、いま現在も克則の死体があるはずだ。でも――でも。

「でも、あれは普通の死体じゃないのかもしれない。動く、歩く！　動く死体、歩く死体……！」

一階に下りてもう一度確認したいという思い。あんなものに近づくのも怖いという思い。両方の思いがまぜこぜになって沙耶夏の心で暴れまわりだした。

沙耶夏は暴れまわる二つの思いを鎮めんと、目を閉じて息を深く吸って吐いた。目をうっすらと開けて、柄にもなく、ナンマイダブナンマイダブと口にする。どんな由来やご利益があるのか、わからない。とにかく気持ちを落ち着かせたかった。

――落ち着け、私。

――死体が動くなんて。ありえないでしょ？

包丁を持っていないほうの手で、自分の頬をぴしゃりと叩《たた》く。

意識的に瞬《まばた》きをして、首を激しく横にふった。

それがきっかけとなり、一冊の本が目に入った。

沙耶夏は、おや、と思った。

机の上で横になっている一冊の本のことだ。

もともとこういう色なのか日焼けした結果なのか、カバーはレモン色だ。カバーの中央には、楕《だ》円形《えんけい》の図や正三角形の図が描かれている。お堅い印象を受けた。訳書であるらしく、原著作者と訳者の名前が隅に書かれているのだが、どちらも聞いたことのない名前だった。

無数の本がある書斎だが、今日、机の上にはこれ一冊だけだ。

そこから察するに、どうも、このレモン色の本は克則が最近——あるいは最後に手に取った本なのだろう。

沙耶夏が気になったのは、タイトルである。

『最後の魔術師』

それが本のタイトルだった。

——魔術師？

沙耶夏は包丁を手近な本の山の上に置き、代わりに『最後の魔術師』を手に取った。

この本を手にしている克則の姿を沙耶夏は見ていない。それ自体はおかしい話ではない。なぜなら沙耶夏は二泊三日旅行から帰ってきたばかりだからだ。

——克則はこんな本を読んでいたのか。

適当にページをぱらりとめくってみる。
出版年は古そうだ。そんな印象を与えるフォントだ。細い線で書かれていて、一字一字が小さい。行間は狭く、一ページあたりに活字がぎっしり。

……――というのは面白い話だ。こうした逸話からもお分りのように賢者の石やエリクシアを競って捜す彼らの熱意は本物であった。魔術師の時代、権力者達は未知の物質なる其《そ》れ等《ら》の向うに物質界の本質的正体延《ひ》いては不老不死の鍵を夢見て、魔術師達に対する或《あ》る種のパトロン活動に吝《やぶさ》かではなかった。賢者の石を捜す魔術師達の努力とは今日に於《お》ける基礎自然科學の研究にも等しかったのである。即《すなわ》ち実際的な利便性のみに非《あら》ず、其れを魔術の歴史に登場させたという不動の名誉が約束されて――……

克則の読む本には、沙耶夏の興味に合わないものが多い。なので覚悟はしていたが、やはり沙耶夏としては、

――こんな冗長な本、よく読めるな。

という思いだ。書かれている内容、完全にはわからない。
とはいえ、じつのところ、何から何までさっぱり頭に入ってこないというほどではなかった。栄

養ドリンクで目が覚めているおかげかもしれない。

どうやら、魔術史が説明されているのだとわかった。

物質界の本質的正体。

不老不死の鍵。

魔術の歴史。


――もしかして関係があるのでは？

と、沙耶夏は思わずにはいられない。

――ひょっとして、克則の死体が動きだしたのは、これのせいでは？

沙耶夏が旅行に行っているあいだ、この『最後の魔術師』に載っている魔術を克則は試したのだろうか？　その効果として、彼の死体は先ほど少しばかり動いたのだろうか？

「魔術……」

という言葉が沙耶夏の口をついてでたとき、カタン――という音が突然階下から聞こえた。沙耶夏はびっくりして、とびあがりそうになった。

魔術……。魔術……。魔術……。

動く死体……。歩く死体……。

4

――いやだ。

――やめてくれ。

沙耶夏は叫びそうになった、いや――、

「いや！　いや！　いやァァ！」

――叫びそうになったどころではない。

事実、思わず叫んでしまった。

不審な音の正体を知るために一階に下りた沙耶夏。彼女が見たのはまたもやの怪現象であった。

ああ、摩訶不思議。

死んだはずの克則。

その克則が立ちあがって歩いたとしか思えない状況である！

すなわち、またもや彼の場所が変わっていたのである！

家の中には、沙耶夏以外の人は誰もいないはず。

強《し》いていうなら、ほかに一人（死んだ）克則がいるのみ。


「いや……、いやァ……」

沙耶夏は床にいる彼から目が離せない。

沙耶夏が二階にあがる前、彼の身体《からだ》は居間にあった。

しかし現在、彼の身体は――今度は脱衣所にある。

整理すると、要するに、

沙耶夏がコンビニに行っているとき。

……キッチンにいたのに、なぜか居間に。

沙耶夏が二階を調べているとき。

……居間にいたのに、なぜか脱衣所に。


と、移動したというわけ。

信原邸の脱衣所には浴室側と廊下側の二つのドアがある。浴室側のドアはレール上を滑らせるタイプだ。これにカギはついていないが、浴室には窓がなく、屋外から浴室を通って出入りするのは不可能といっていい。蛇口や排水口は論外として、換気扇から誰かが出入りしたという可能性もない。換気扇にはネジで固定されたカバーがつけられているからだ。

脱衣所の廊下側のドアにもカギはついていないが、これは居間と同じタイプのドア。仕事柄この手の名称に詳しい克則から、チューブラ錠という名前を教えてもらったことがあった。一般家庭の家屋でよく見られるタイプのもので、カギこそついてはいないが、ノブをある程度回転させないと開かない仕組みのものである。ドアを固定させるために出たりひっこんだりするあの部分はラッチという。つまり、居間も脱衣所もラッチでドアが固定されているのであった。

それなのに、彼は移動しているのである。

ラジオ体操のお手本よりも大きな動作で、沙耶夏はゆっくりと深呼吸をする。

——落ち着け、私、お願い落ち着いて……。死体が動くわけがない。オカルトじゃない。きっと何かカラクリがある。そう、たぶんそう……。

少し前に〈③＝克則はまだ死んでいない〉という仮説を棄却した。いま気づいたが、あのときには〈自分がコンビニに行くとき、じつは克則はまだ生きていた。しかし動いたあと、自分が戻ってくる前に今度こそ絶命した〉という仮説で補強する手があった。が、今回それも消えた。二階にあがる前、自分は克則の足首を刺した。あの時点で克則はさすがに、確実に、絶命していた。

——そうだ、待って。

——足は？

切り落としたわけではなく、包丁の先を刺して流血させた程度。しかし流血の量は多かった。血痕を追うことで、一階で何が起きたか、推測できるかもしれない。

一階の床に血痕がないかどうか、沙耶夏は調べはじめた。

まずもちろん、いちばん大きな血溜まりがある。これは足首から出血したとき、その場で即座にできたものだ。

注目すべきことに、血痕はそれだけではなかった。

廊下のほうに向かって、血痕の点線が見られる。血痕の点線は廊下に出たあと、脱衣所に向かっていた。脱衣所の床にもいくつかの血痕が見られた。ちなみに沙耶夏が二階にあがる前、脱衣所の扉は間違いなく閉じ、ラッチで固定されていた。

であるから、沙耶夏は想像する。想像してしまう。


……克則の死体が静かに立ちあがる姿を。

血をだらだらと流しながら、足をひきずるようにして歩く姿を。

廊下に出たあと、脱衣所に向かう姿を。

そうして脱衣所のドアノブを握り、ドアを開ける姿を……、ああ！


「違う！」

一人、脱衣所にて、叫ぶ沙耶夏。

「違う、違う、違う！　克則は死んだ。動かない、起きあがらない、歩かない、ドアを開けない！

そんな非科学的なことは起きない！　死んだ克則にそんなことはできっこない！　ねえ――」

といって、沙耶夏は顔を俯《うつむ》ける。

ものをいわず寝そべっている彼の顔を見て、

「――そうだよね」

返事はない。

沙耶夏は彼の身体をまたぐようにして、洗面台のもとに。

蛇口をひねって水を出す。石けんの横に包丁を置き、両手でじゃぶじゃぶと顔を洗う。これから警察に捕まるのであれば化粧ぐらいしておきたいわ、などと悠長に考えていたのはもはや大昔のことに思えた。

冷たい水の感触。夢とは思えない。現実である。

となると、現実的侵入者の可能性？

でもどこから！　どうやって！

洗面台の横に吊《つ》ってあるタオルで顔を拭いたあと、沙耶夏は、正面に貼られている鏡に顔を向ける。顔は青ざめているのに、目は血走っている。

沙耶夏は鏡の中の自分に向かって、

「気を抜くな。誰かが、この家に、いる」

釘《くぎ》を刺した。

続いて、怒鳴った。

「誰だ、どこのどいつだ！　この家になんの用！」

恐怖だか緊張だか、とにもかくにも非日常な感情が沙耶夏の中で渦を巻き、おのずと彼女の声を怒鳴り声に変えたのであった。動く死体と窓をすり抜けてやってくる侵入者。そのどちらだろうという見方をするあまり、沙耶夏の精神は自ら想像したそれらの両方に攻撃を受けているようなものだった。

「出てこい、卑怯者《ひきょうもの》！　怖がらせて楽しいか！」

沙耶夏は石けんの横の包丁を片手に取り、扉を開け、脱衣所から廊下に飛びだした。カタン、カタン、と音がする。人影はない。勢いよく居間に飛びこむ。カタン、カタン。が、やはり人影は見当たらない。

ばたん！

沙耶夏はタンスを開けた。誰もいない。

ごとごと！

タンスの位置を力いっぱいずらし、その陰を確認する。誰もいない。

びりり！

カーテンを開くつもりが勢い余ってレールからひきちぎってしまった。そこにも誰もいなかった。

タンスの中も裏もカーテンの裏も先ほどの探索で確認した。二回目だ。沙耶夏は同様に、二回目の確認を行いはじめた。一回目のように大人しくない。ばたん、ごとごと、びりりに続いて、どかん、どかどか、ずるり、などと派手に音を立てながら荒々しく一階の探索を隈《くま》なく行う。家の中は大荒れ。

でも、なお。

侵入者は発見されず。

沙耶夏は右手に包丁を持ったまま、居間で立ち尽くした。

左手で頭をかきむしった。


『最後の魔術師』


沙耶夏が旅行に行っているあいだ、この『最後の魔術師』に載っている魔術を克則は試したのだろうか？　その効果として、彼の死体は先ほど少しばかり動いたのだろうか？

魔術によって、今後も克則の死体は動くのだろうか？

目を離しているうちに動きまわるという現象は、本格的に死体が活性化する予兆なのだろうか。死体は何を探しているのだろうか。己を殺した罪人の首を絞めるまで、たとえ地の果てまでも歩くのだろうか？

——そんな馬鹿な！　ここは現実ではないの？　地獄なの？　夫を殺した私はすでにもう地獄をさまよっているというの？

地下深い地獄の国から地上の現世を羨《うらや》ましそうに見る亡者のごとく、沙耶夏は天井を見上げる。

すうっと息を吸ったあと、沙耶夏は包丁を持たないほうの手で、自分の頬を叩く。

「魔術なんてない！　ないったらない！」

——そうだ。家の中はよく調べたけど、家の外はまだだ。家の外に何か露骨な痕跡があるかもしれない。

踏み台に乗り、沙耶夏は天窓を開ける。この天窓も施錠確認済み。天窓は二十センチ四方ぐらいの大きさであり、たとえ開け放しにしたところでネコぐらいしか出入りできないのだが。

沙耶夏は天窓から外の様子を見た。信原邸の物干し竿《ざお》や舗装されていない車道が視界に入った。異変はないが、家の中と違って、人がいないわけではなかった。車道を挟んで少し離れたところに二人の姿が認められた。

四十代の女二人で、沙耶夏がよく知る顔だ。いわゆるご近所さんであり、平林《ひらばやし》と南谷《みなだに》という専業主婦。ガーデニング中の平林と買い物帰りの南谷が立ち話をしているこの光景は珍しいものではなかった。近くを通ることがあるため聞きたくなくてもときどき聞こえてしまうのだが、テレビで見たばかりのニュース、主に凶悪犯罪のニュースについて〈いやな世の中ですよね〉〈ああいう人がいるって怖いですわね〉などと共感しあうのが彼女らの井戸端会議のよくある流れだった。

じつは今日、栄養ドリンクを買うためにコンビニを往復したときにも、この光景は見た。あのときすでに二人は井戸端会議をはじめていた。見るに、あのままであるようだった。

日常の世界が広がっているといえる。

気になるものは何もない。

だが、踏み台に乗って天窓から外を見るのでは視界に限界がある。

沙耶夏は踏み台を降り、天窓を開放したまま、居間の外へ向かった。廊下を走り抜け、玄関の扉にしがみつく。まるで爆発五秒前の爆弾から逃げているかのように、逸《はや》る気持ちでかえってまごつきながら扉のカギを開けた。

扉を開けて外に出る。

チュン……、チュンチュン……。

雀《すずめ》の鳴き声。

青い空、白い雲。さっきコンビニに行ったときにも吸った新鮮な外気。

——日常。

信原邸の場合、玄関のドアから車が走る公道まで、すなわち簡易的な門までわずかな空間がある。沙耶夏たちはその空間を前庭と呼んでいた。

普段、沙耶夏たちは前庭に洗濯物を干す。が、旅行から戻ったばかりなので、今日は干していない。今朝まで雨が降っていたようだが、いまはよく晴れている。克則とのトラブルがなければ、沙耶夏はいまごろ旅行から持ち帰った衣服も含めて洗濯物を干していただろう。

物干し台の向こうは駐車スペース。信原邸の車といえば白の国産普通車一台きりだ。現在、その車も問題なく鎮座している。

玄関から出た沙耶夏は前庭を探索しだした。物干し竿や車体の周辺、果ては車体の下まで覗《のぞ》きこんだ。

これらの空間には、とくに異変がなかった。

前庭を含めて、家は胸程度の高さのブロック塀で囲われている。沙耶夏は門を開け公道に出て、ブロック塀の外側を確認しはじめた。ブロック塀の外で不審者が身を屈めて隠れているかもしれなかった。

玄関と門が向いている東側には、平林と南谷の姿がある。でも、残る三方向に人影はない。そして東西南北全方向、気になるものはなかった。

しばらくして、沙耶夏は前庭に自分の足跡以外ついていないことに気づいた。今朝までの雨で土壌が足跡を残しやすい状態になっていたにもかかわらずである。旅行から帰ってきたときの自分の足跡、コンビニを往復したときの自分の足跡、人影を探しているいまの自分の足跡。ほかに足跡はない。

ひとしきり外の探索を終え、

「外にも何もないのか……」

と、ひとりごとをいう沙耶夏。一段落したことで、彼女は周囲の声を聞くようになった。視覚ばかり意識していたので、声を意識していなかった。

声というのは、平林と南谷の話し声だ。


「……――いやねえ、どうしたのかしら――……」

「……――そうですよねえ――警察を――……」

「……――でも」

「そうですわね――……」

ちらりと見ると、すぐに二人と目が合った。

彼女らは沙耶夏を見ながら話をしていたようだ。

目にはありありと警戒の色。

沙耶夏は思いだした。自分は包丁を持ったままである。

――しまった。


目が合ったことを契機として、平林が沙耶夏に声をかけた。

「信原さーん、大丈夫ですか」

先ほどの話し声よりも大きな声だ。

とっさのことに、沙耶夏はへらへらと笑って、

「いい天気ですね」

などと述べた。

平林は南谷と目配せした。南谷は無言で頷《うなず》いた。

平林が沙耶夏に向かって、

「何かあったんですか？」

「いえ、何も」

しどろもどろに返答する。

平林と南谷はまた目配せした。

沙耶夏は思いきって、

「あの、このあたりに変な人はいませんでしたか？」

「ええっ？　何かあったんですか？」

同じような問いを何度もぶつける平林であった。

沙耶夏が言葉に詰まっていると、今度は南谷がいう。

「とくに見ませんでしたが、どうされたんですか？」

「いいえ、私、ずっと旅行に行っていたので、少し気になって」

——何を話しているんだ、私は。

「空き巣ですか？　でも、克則さんは？」

南谷がいう。沙耶夏は答える。

「いえいえ、べつに何かあったわけではないんです。念のためと思いまして、家の周りを見ておくのが習慣になっていまして……」

訊《き》かないほうがましだった。

沙耶夏はぺこぺこと頭をさげながら、家の中に退散した。包丁を持って外をうろうろしたのでは、完全にこちらが不審者である。いや実際、人を殺してしまったのに通報すらしていないのだから、潔白の身とはいえないのだけれども。

「外も異常なし。どういうこと……？」

心身とも疲れ切った沙耶夏。

克則の死体の前で膝をついた。手からぽとりと包丁が落ちる。

「侵入者の可能性はゼロ。じゃ、やっぱり……」

——〈①＝死体が動いた〉説？

物質界の本質的正体！

魔術！

最後の魔術！

最期の魔術！

「そ、そうだ……、答えはあの本の中に……」

いまさらといえば、いまさら。

必然的にいきつくところであった。


『最後の魔術師』


あの本の中に答えがあるに違いない。

沙耶夏は心身の力をふりしぼって立ちあがり、二階にあがった。書斎に入り、机の上に置かれた『最後の魔術師』の表紙を見る。一冊の本にかほどの霊圧を感じるということを、沙耶夏は生まれてはじめて体験していた。

書斎の椅子に座ったあと、『最後の魔術師』を手に取る。

「一体、何が書かれているわけ？」

おそるおそる、表紙をめくる。

トビラもめくって、目次を開く。

集中して文字を追いはじめる。

読む、ページを丁寧にめくる、を繰りかえす。

「…………」

何分経《た》っただろうか、目次とまえがきを読みおえ、第一章を二、三ページ読み進めたところで、沙耶夏はひとりごとをつぶやく。

「これ……、ニュートンのことだったのか……」

アイザック・ニュートン。

科学史に詳しくない沙耶夏でも名前を知る科学者の一人だ。ガリレオとニュートンとアインシュタインぐらいはわかる。万有引力の法則を発見した人物として、高校の世界史の授業にも出てきた。リンゴが落ちるのを見て万有引力に気づいたという逸話もどこかで聞いたことがある。

どうも『最後の魔術師』によると、このニュートンという大科学者は、数学や自然科学だけではなく、錬金術など、昔から研究されてきた魔術にもたいへんな情熱を注いだ。しかも数学や自然科学の研究の余技というより、ニュートンにとっては現代人の思う数学・自然科学と魔術の境界はないも同然であった。魔術に向いたこうした情熱に注目する歴史家からは〈最後の魔術師〉と評される場合もあるそうだ。

書名の〈最後の魔術師〉はこの一面をクローズアップしたネーミングであった。早い話、この本はニュートンの伝記なのである。といっても、個人史に魔術の文化史の解説がふりかけられているような形で、ややマクロな、つまりやや世界史視点的な構成をしているようだが。

沙耶夏としては〈最後の魔術師〉が得体の知れない怪人のことではなくニュートン（そりゃ、たしかに知りあいでもなんでもないけれど）のことであったとわかった時点で、ほんのわずかに安心するところはあった。

しかし、安心しきる心理とは程遠い。オカルトスリラー映画において、おどろおどろしいBGMとともに向けられたカメラ視点の先に何もいなかったときと同じだ。——どうせ、天井にいるとか、後ろにいるとか、別角度に怪物を発見する前振りにすぎない。そういう警戒にも似た心理がある。

沙耶夏はページを次々とめくる。

話題はニュートンの逸話に向けられる。著者によると、リンゴが落ちるのを見て万有引力を発見したという有名な逸話はフィクションであるそうだ。そのくだりを終え、著者はべつの逸話を紹介しはじめた。

ネコと扉の逸話だ。

信原邸でもネコを飼っているので、沙耶夏は自分ごとのように想像しつつその逸話を読むことができた。

要約すると……、ニュートンの家には大きなネコと小さなネコがいた。ニュートンが部屋で数学や自然科学の問題を解いていると、中に入れてくれとネコらは扉をガリガリとひっかきだす。思索を中断したニュートンは扉を開けてネコらを中に入れてやり、ふたたび学問の世界に精神を沈めるのだが、しばらくすると、ネコらは今度は外に出してくれとガリガリやりだす。外に出したら出したでまた中に入りたがると、わがままなネコらにニュートンはふりまわされていた。扉を開け放しにしておけばいいように思うが、それだと気が散る。扉は閉めておきたかった。

そこでニュートンは扉の下部をくりぬき、ネコら専用の出入り口を設けてやった。扉を閉めたままでもネコらが自由に出入りできるように、という工夫であった。

しかしおもしろいことに、ニュートンは扉に一つだけではなく、二つもの出入り口を作ったのだった。

「どうして二つも作ったのですか?」

使用人が尋ねた。

「うちには大きなネコと小さなネコがいるからだよ。大きなネコのために大きな出入り口を、小さなネコのために小さな出入り口を作ってあげたのさ」

ニュートンは答えた。

すると使用人は首をかしげて、

「大きな出入り口が一つあるだけで充分では?」

ニュートンはしばらく考えたあと、腹をかかえて笑いだしたという……、こんな逸話であった。

落語かよ、などと思う沙耶夏。

ぼんやりしているとオチの意味がわかりにくいが、少し考えたらナルホドである。大は小を兼ねる。小さなネコは大きなネコのための出入り口を使うのに不自由がないのだから、わざわざ小さなネコのための出入り口を設ける必要はなかった。人類史上屈指の大天才にもこんなうっかりがあったんですよという逸話である。本当の話であるかどうかなど、そのあたりの考察まで沙耶夏はまだ目を通していないのだが……。

沙耶夏は机の上に本を置いて、ぱちくり瞬きをした。

——これだ。

有力な仮説。

本も包丁も書斎に置いたまま、沙耶夏は一階に駆け下りた。

脱衣所の扉を廊下側から観察する。とくに、扉の、うんと下のほうだ。屋外との出入りはできたか、人が死角に隠れていないか、そんなことばかりに気を取られていたせいで気づかなかったのだが、扉の下部に二つの切れこみがあった。

このような切れこみは、旅行前にはなかった。

沙耶夏は切れこみと切れこみのあいだを押してみた。

板でできたのれんのようなものだ。その部分は手で押すだけで、カタン、と音を立てて容易に開くことができた。先ほど読んだニュートンの逸話に登場した代物と同じ。ニュートンのリンゴならぬニュートンの小窓というべきか。

「やっぱり！　ある！」

興奮しながら沙耶夏は、次は居間の扉の下部も観察した。はたして、そこにもニュートンの小窓が認められた。しかもこう判明したあとで俯瞰《ふかん》すると、居間の中から廊下を通って脱衣所に向かった血痕の点々はまさしく二つのニュートンの小窓を結ぶ形で描かれており、各部屋の中の血痕もそのカーブと断続的に繋がる関係にあった。

脱衣所にはまだ彼がいた。

沙耶夏は彼を見下ろす。

沙耶夏が閉じた扉に体重を預けると、扉は軋《きし》んで、ぎいと音を立てた。

すると。

彼は顔をあげて、眠そうな目をこちらに向けた。

沙耶夏の口から笑い声がこぼれる。

「うふふ――」

やがて沙耶夏は盛大に笑いだした。

「――ふふふ、へへへ、あーはっはっは！」


……

……安堵《あんど》！


先ほど〈最後の魔術師〉がニュートンのことだと知ったときの心理とは決定的に異なる。これもオカルトスリラー映画の鑑賞になぞらえると、カメラ視点の先に何もいなかっただけではない。完全にシーンが切り替わり、昼下がりの陽気な日常シーン。ＢＧＭも軽快で、怪物のことは脳内からどこかに飛び去った。

憑《つ》きものが落ちた気分だ。

飼い主の笑い声が耳障りだったのだろうか、彼は――すなわち、信原邸で飼われているネコは――むっくりと立ちあがり、血のついた足で床に血痕を残しながら扉に向かう。ネコはニュートンの小窓をくぐって廊下のほうに姿を消した。

これが真相だった！

「なあんだ！」

鏡には、にやにや笑いの自分の顔が映っている。

沙耶夏は事をふりかえる。

沙耶夏をずっと悩ませていたのは、いうまでもなく〈死体が動いたか？　侵入者があったか？〉である。

そのような問いに悩まされたのは、死体が動いたか侵入者があったかでもなければありえない——ありえないと思われた——事態に遭遇していたからだ。

その事態とは、ひとりでドアを開けられるはずもないネコがまるでドアを開閉したかのような移動をしていたことにほかならない。


克則を殺してしまったとき、ネコはキッチンにいた。

克則の死体はずっとキッチンに横たわったままだったが、沙耶夏が見ていない隙にネコが居間や脱衣所に移動していたという事実が、克則の死体がむっくりと起きあがって扉を開閉した光景を沙耶夏に想像させたのであった。

そう、居間に彼《ネコ》がいたのである。

出かける前には、キッチンで寝そべっていたのに。

「なんで、あんた《ネコ》がここにいるの？　え、克則……、あんた、もしかして私が出かけているあいだに動いた？　死んでるのに……？」

すなわち――克則、もしかして出かけているあいだに動いて、居間の扉を開閉した？　そのときにネコが居間に入った？　――という意味である。ニュートンの小窓の存在を知らない沙耶夏がそう問いかけたくなるのは自然であった。

ものをいわず寝そべっている彼《ネコ》の顔を見て、

「――そうだよね」

返事はない。

沙耶夏は彼《ネコ》の身体をまたぐようにして、洗面台のもとに。

ネコはキッチン、居間、脱衣所と移動した。克則の死体はずっとキッチンにあった。沙耶夏は今日、三つの仮説を立てた。詳しくいうと〈①＝死体が動いた〉説とは〈死体が動いてドアを開けたからネコが部屋を出入りできた〉説、〈②＝この家に誰かがいる〉説とは〈家にいる誰かがドアを開けたからネコが部屋を出入りできた〉説、〈③＝克則はまだ死んでいない〉説とは〈まだ死んでいない克則がドアを開けたからネコが部屋を出入りできた〉説という意味であった。

実際は①②③のいずれでもなく、

④＝ニュートンの小窓が設けられていたので、人の手を借りずにネコは部屋を自由に出入りできた。

というわけである。血痕の点線は、血溜まりに足をつけたネコが歩きまわった跡であった。

そういえば、沙耶夏は今日、カタンという音を三つの場面で聞いている。一回目は書斎を探索しているとき、階下からその音が聞こえた。三回目はニュートンの小窓を見つけたあとに試しに開閉したときだ。一回目と三回目のあいだ、二回目にカタンを聞いたのは、

「出てこい、卑怯者！　怖がらせて楽しいか！」

沙耶夏は石けんの横の包丁を片手に取り、扉を開け、脱衣所から廊下に飛びだした。カタン、カタン、と音がする。人影はない。勢いよく居間に飛びこむ。カタン、カタン。が、やはり人影は見当たらない。

のときだ。このときには何度も聞いている。冷静になって思いかえしてみると、脱衣所や居間の扉を激しく開閉したときにニュートンの小窓が揺れていた音だったとわかる。灯台下暗《もと》しという言葉の通り、そんな床すれすれのところまで注意が向いていなかった。ちなみに、先ほどニュートンの小窓を触ったのでわかるが、おそらく、普通の調子で扉を開閉するぶんにはカタンカタンと揺れることはない。あのときのように勢いよく開閉したときに揺れるのであった。

そんなことを思いながら、いま——沙耶夏は静かに脱衣所を出て、キッチンに横たわる克則に近

寄った。

克則の死体の顔を見る。

沙耶夏は居間のドアをふりかえる。はっきりと覚えているが、沙耶夏が居間に入るために開けるまで、そのドアは閉まっていた。コンビニに出かける前にもだ。間違いない。

次に、死んでいる克則の顔をじっと見る。

あのときにも居間を出てキッチンに行って、こうして克則の顔をじっと見たものだ。

克則は雑食の読書家。おそらく普段のようにとくにこだわりもなく『最後の魔術師』を読んでいたのだろう。ニュートンの小窓の話を読んでいるとき、ネコを飼う身として、

「これは便利そうだな」

などと考えた。

克則は手先が器用で、家でもよくＤＩＹをしていた。棚やテーブルを作るほか、部屋のドアや窓を枠ごとまるまるつけかえたこともある。

手先の器用な克則にとって、ニュートンの小窓をＤＩＹすることは造作もない。持ち家であるから借家のように改造に気を使う必要もない。

旅行前にDIYが終わり、沙耶夏がずっと気づいていなかっただけ、という可能性も一応あるにはある。だが十中八九、沙耶夏の旅行中にやってのけたと思われる。ニュートンの小窓のくだりを読んで影響をされたのが旅行中のことだったのかもしれないし、それ以前から腹の中で計画を立てていたのかもしれない。いずれにせよ、沙耶夏としては施工前に相談してほしかったが。

結局これだよ、これなんだよ——と、沙耶夏は思う。

今回、致命的なトラブルの発端は内緒の借金であった。

——借金だって借金自体がいやだったわけじゃない。それもこれ。おんなじこと。事後報告でいいと考えているのがいやだったんだ。

ただ、ニュートンの小窓に関連して、一つ気づくことはあった。

今回の借金で、克則はこの家を気軽に担保にしていたという。返せないときはアパートにでも引っ越そうとしているのか、親から譲りうけた家の大切さをわかっていないのか、と沙耶夏は憤った。が、敢《あ》えて克則を弁護するなら、こうやってわざわざニュートンの小窓を作ったという事実は、彼に家を手放すつもりが毛頭なかったことの証左ともいえるか。本人が死の直前に説明していたように、実際、借金といっても返せないはずがない借金であり、大騒ぎするほどのことではなかったのか。

——でも私は、事後報告でいい女じゃないし。

今回の不幸に発展したことに、沙耶夏はいくばくかの必然を感じずにはいられなかった。

「それで……」

沙耶夏は克則の顔を見ながら考える。

「これから、どうしよう……」

なぜすぐに通報しなかったのですか？

という、警察の言葉が聞こえるかのようだった。

ふと廊下を見ると、そこにネコの姿があった。血痕を床にぺたぺたつけながら、居間から廊下に出てきたところのようだ。居間の扉は開け放しになっている。沙耶夏の顔を見て動きをとめた。

沙耶夏は俯いて、克則の顔をもう一度見る。

しばらくしたとき、自分の口もとに無意識な笑みが浮かんでいることに気づいた。独善的とも、ある意味で自虐的とも、どちらともつかぬ曖昧な笑みだと思う。

——私がニュートンの小窓に翻弄《ほんろう》されたように、何か工夫をすれば私もまた警察や世間を翻弄できるのでは？

すなわち、犯行を隠し通せるのでは？

「きっと、ここは人生の正念場だ。やるぞ、やってやるぞ……」

——隠蔽《いんぺい》工作、やるぞ！

「やるぞ」

と、沙耶夏がはりあげた声に驚いたのだろう。沙耶夏の視界の隅で、ネコが四肢と尾っぽをぴんと伸ばした。

こちらを見つつ何事かと考えているらしかった彼だが、すぐに身を翻し居間へ。沙耶夏から逃げるようにして家具にぴょんと飛び乗る。ぴょんぴょんと家具から家具に飛び移りながら、天窓のほうに向かった。

天窓は二十センチ四方ぐらいの大きさであり、たとえ開け放しにしたところでネコぐらいしか出入りできないのだが。

沙耶夏は踏み台を降り、天窓を開放したまま、居間の外へ向かった。廊下を走り抜け、玄関の扉にしがみつく。まるで爆発五秒前の爆弾から逃げているかのように、逸る気持ちでかえってまごつきながら扉のカギを開けた。

普段、天窓の近くに家具は置いていない。だからここからネコが出ていく心配はなかった。けれど今日、沙耶夏は侵入者――存在もしない侵入者――を探すために家具を激しく動かした。このために天窓と家具の位置がきわめて接近していた。加えて、外の様子を見るために天窓を開けた。いまもそのままになっていた。

「あっ……」

ネコは天窓をくぐって外へ出ていった。

ネコの通った跡には血痕が残っている。

まったくの新事態にぽかんとしてしまった沙耶夏だが、しばらくしてのろのろと頭が再起動した。ネコを連れ戻さねば、と考えた沙耶夏がネコの名前を呼びながら天窓のほうに駆けよったとき、外から大きな声がした。沙耶夏は思わず口をつぐんだ。

平林の叫び声だ。

「どうしたの、その血」

南谷の声もする。

「ほら、いったでしょ！　私、いったでしょ。おかしいのよ」

「どこ？　どこを怪我《けが》したの」

「いったでしょ、おかしい、おかしいのよ」

——それから三十分もしないうちに、警察が信原邸で克則の死体を発見することになった。いうまでもなく、ネコの足についた血痕を見た平林と南谷が通報したのだった。沙耶夏は警察が死体を発見するその瞬間まで家から出ることができなかったし、結局、なんの隠蔽工作もできなかった。


（了）

悪運が来たりて笛を吹く

「どんな必勝法だって、どこかで時々は勝てるさ。運よく確率の法則の曲線と合えばな。だが最後には確率曲線はあっちの方、その方法は別の方へと離れていくのさ」
ピートは釈然としない面持ちだった。「でも、ほんとうに究極の必勝法があるとしたら……」

「ルーレット必勝法」
ジャック・リッチー／訳＝好野理恵

「おい、バカ。早く音をとめろ」

ピロロロロロロ！　ピロロロロロロ！　十一月のとある日、十九時半頃。街灯でかろうじて照らされた路上。苔《こけ》だらけだが何やら由緒ありげな、小さい石像付近のことだった。二十代後半の男今《いま》門為俊《かどためとし》はアスファルトの地面を踏みしめ、同世代らしき女と柔道のような取っ組みあいをしていた。

今門の手にはナイフが握られている。

ピロロロロロロ！　ピロロロロロロ！　防犯ブザーの音だ。女が握って離さない、直径六、七センチほどの防犯ブザー。今門はそれを力ずくで奪取せんとしていた。ナイフは脅しのためのものだ。本当に刺すつもりはない。

女は歯を食いしばり、オトコの腕力になんとか抵抗していた。ときおり、やめてください、誰か誰か、などという言葉が力んだ息づかいの合間に発せられた。が、突然、

「ンアッ！」

と、ぜんぜん違うキーの声が出た。直後、今門は急に抵抗を感じなくなった。ピロロロロロロ！

ピロロロロロロ！　今門は防犯ブザーを奪い取る。

一歩下がり、女を見てすぐに異変が知れた。もみあいの最中、ナイフが女の手首を切ってしまっていたのだ！　今門は自分が返り血を浴びたことにも気づいた。

手首から血を垂らしながら、女はその場でふらふらしつつ——、

「ア……、ダレカ……、ダレカ……」

——いいのこして、どさりと倒れた。

刺すつもりはなかったのに……。——後悔する今門だが、女のことは後回しだ。防犯ブザーをオフにしようと躍起になる。指紋対策で手袋をはめていたが、細かい操作のために手袋を外す。防犯ブザーをいじりだすも、構造がいまいちわからないうえに暗がりだ。触るだけ触ったが埒《らち》があかない。ピロロロロロロ！　ピロロロロロロ！

——もういい。逃げよう。

防犯ブザーのオフは諦《あきら》めた。手袋をはめなおしたあと、指紋除去として防犯ブザーの表面を撫《な》でて拭いた。

石像近くの草むらに停《と》めていたバイクに飛びつき、エンジンをかける。

このとき、女から路上強盗した財布がポケットにあることを思いだした。

——こんな思いをしてロハはごめんだ。

女の財布を投げ捨てる前に、紙幣を数枚抜き取った。紙幣をポケットに裸でつっこんだ。ロングTシャツに浴びた返り血はコートのボタンをとめることで隠すことができそうだった。そうしたあと、ふりむくことなく発車した。ピロロロロロロ……。耳障りな音が小さくなる。

——殺すつもりはおろか、傷つけるつもりさえなかったんだぞ。抵抗なんかするからこうなるんだ、バカ女。死んでもおれは知らんからな！

飲みすぎて嘔吐《おうと》する連れの背を撫でる学生風の女。窓を開けた車に寄りかかって電話で立ち話する社会人風の男。〈決められた日に出せ！〉と殴り書きされたゴミ捨て場の貼り紙。それらを通りすぎ、路地のつきあたりに今門のボロアパートがある。

今門、駐輪場にバイクを停める。

身体《からだ》が震えているが、寒いからではない。

将来に対する恐怖に今門は震えてならないのであった――

「アナタですネ。小生に偉大なる施しを与えてクレタのは……」

――？

不意に。

震える今門の背後から、妙な言葉が聞こえた。今門は駐輪場の奥をふりかえった。誰もいないのだが、奇妙なものがすぐ傍《そば》に見えた。

いわば、地蔵の妖精だ。

いや〈地蔵の妖精〉などというと、地蔵なのか、妖精なのか、はっきりしろといいたくなるが、とにかくはじめに今門の脳裏をよぎったのは〈地蔵の妖精〉というフレーズであった。地蔵のような姿をした存在が、手のひらに乗りそうな小さいサイズとして、光り輝き、今門の顔の高さに浮いているのであった。

怪訝《けげん》に思った今門が、何もいえずにいると、

「イヤハヤ驚かせて申しワケございません。いきなりの挨拶になってしまいマシタが、ここにおりまする小生はズバリ、祠《ほこら》の精霊でゴザイます」

精霊とやらがしゃべる。どこか人間の声色とは思えない、今門が生まれてはじめて聞く異様な抑揚があった。言葉遣いも妙だ。

「オや？　もうお忘レですか？　つい先ほどアナタがお金をポンと施してくれた、あの祠の精霊なのデスガ……」

――祠の精霊？　あの祠、とは？　なんのことだ？

しかし少し考え、あっと気づいた。

先ほど女が倒れた近くに、たしか、小さい石像が一つ置かれていた。いま眼前に浮かぶ精霊の姿はあの石像にそっくりなのである！

精霊、しゃべりつづける。

「あの祠はデスネ、かの家斉《いえなり》公ノ世に建てラレたものです。当初コソ人々から寄付をモライ、守りガミのタグイとして崇《あが》めらレテおりました。が、このトコろすっかり無視され続け、ハア、雑草だか路傍の石ころだかのヨウニ放置されておりました。小生は悲しカッタです。――トコロが今日、アナタが財布をぽんと投げてくれました。ナカには壱萬円札が入ってイマシタ。スバラしきおホドコシ！　小生はあなたの温情に泣きマシタ。お礼をさせてイタダキたく、かくして飛んでマイリました……」

今門は頭の中で整理し、

「お前は大昔に作られた祠の精霊であったが、みんなから忘れられていた、と？」

「ハイ。悲シクもです」

「で、おれが施しを与えた、と?」

「そうデはありまセンカ! 壱萬モノ大金をいただきマシタ」

はていつの間に、と思う今門だが、すぐさま合点した。

先ほど今門は、夜道を歩いていた女にナイフを見せつつ〈財布を出せ〉といい、財布を奪った。そのまま女ともみあいになり、女の手首をうっかり切ってしまった。財布から紙幣を何枚か抜き取り、財布そのものは投げ捨てた。バイクで逃走した。――おれは財布の紙幣をすべて抜き取ったと思っていたが、じつは一万円札が一枚残っていたのだろう。

財布は祠の前に捨てられた。このため一万円札の残った財布を捨てた行為を、祠の精霊は、自分へのお布施だと誤解したのであろう。

徐々に話が見えてきた今門に、精霊はいう。

「デ、どうか、御礼をサセテいただきタクテ」

「お礼……」

「ハイ! アナタの温情がこのウエなくウレシかったものデシテ。アナタはすばらしい御仁《ごじん》デスね。たしかにあなたは女を殺シました。人間社会では深刻な悪行です。が、小生にとってはドウデモいいことです。人間は長ラクお金をクレませんでしたからネ、そんな人間たちの幸不幸なんて今更ネ。それデ――」

「ちょっと待て。いま〈殺シました〉といったな? 女は死んだのか?」

「死ニました」

「死んでいるように見えてまだ一命を――」

「イイエ！　小生はそういうの、ハッキリわかります。彼女は死ニました！　間違いありマセン、彼女は死ニました！　あなたが殺しマシタ！」

「おれは……、おれは……、人殺し……」

「人殺しにほかナリマセン！　しかし警察ガあなたヲ捕まえて、あなたが裁判デ有罪宣告を受けナイ限り、あなたは殺人犯ではアリマセン。人間社会とはソウイウものです」

「警察はおれを捕まえないだろうか？　かなり危ない橋を渡ってしまったと思うんだが……」

人を脅して金を奪う、これは今門が年に何回かやっていることだった。警察に目をつけられ、危うく捕まりそうになったことすらある。そのときは被害者が手続きを面倒がったおかげでうやむやになったのだが。

今回も本来はその一環にすぎなかった。出たとこ勝負でやったわけではなく、それなりの計画はあった。ターゲットの女のこともATMで目をつけたわけではない。

今日の夕方だ。ファミレスでターゲット探しをしていたとき、気が弱そうな単独行動の女性ということで気になった。一度なんぞ、トイレに向かう途中で彼女が落としたものを今門が拾ったため、二人は言葉を交わした。彼女はファミレスで書類をつきあわせ、手書きで報告書か何かを作っていた。途中誰かに電話で〈このあとATMでおろしていく〉といっていた。額をはっきり聞いていなかったが、多めの額であるという印象だった。それで、ターゲットに決めた。

十九時前、彼女は店を出た。自転車だった。自分はバイクであったが、それなりに上手に尾《つ》けた。脅しやすい場所というものがいくつか、頭の中の地図にマークされている。そのどれかに入ったら、と考えていた。彼女が足を運んだATMの傍もその一つだった。ATMの防犯カメラにさえ気をつければ、やりやすい場所だ。ATMから出てくるのを待っていて、それであとはあの通りというわけ。最悪だった。

しかしたしかに、自分は女の知りあいというわけではない。案外容疑者にならないかもしれない、などと思いはじめた今門である。けれどもそんな今門に向かって、いま、精霊が断言する。

「このままではアナタは警察の捜査から逃れラレマセン」

「じゃ、駄目じゃないか！」

「そこで小生のお礼が役立ちマス。小生は、お礼として、アナタに、

悪運を授けます！」

不気味さが増した声色である。

「悪運？　つまり運のいいことに、おれは捕まらないということか？」

「そうデス」

「逮捕ではなく書類送検だからOKなんていわないでくれよ。たとえ書類送検でも不起訴にしてくれよ」

「ハイ」

前に警察に目をつけられたとき、逮捕などについて少し調べた。被疑者逃亡などのおそれが充分に小さい場合、逮捕を経ず書類送検という手が取られる場合がある。この場合、逮捕を経ずに次々

と進むようだ。だが逮捕を経ようと、経ずに書類送検がなされようと、裁判をはじめるためにはとにかく検察官による起訴が必要だ。もし不起訴となれば裁判がないのだから、もちろん罪に問われない。ざっくりいうと、被疑者の勝ちとなる。起訴か不起訴かが重要なのだと今門は考えている。

「でもおれが犯人だという証拠が明るみに出たなら、起訴だよな。そうならないってことは、運のいいことに、おれを犯人とする証拠はすべて白紙になるということか？」

「まさしくそうデス」

「おれを犯人だと示す証拠は、なぜかことごとく消えるということ？　そうした悪運をお前がおれに授けてくれるのか？」

「ソウですトモ」

「けど、もう済んだことはどうしようもないよな。それとも何か？　いわば、いまここで過去も再構成されるというのか？　今日このときにおれがお前から異常な悪運を手に入れることを、まるで今朝から知っていたかのような歴史に塗り替えられるというのか？」

「ちょっと違いマス。というヨリ、この特殊な悪運の関与ヲ抜キニシテ、アナタやアナタの周辺の過去には種が自然に蒔《ま》カレテイルのデス。ソウいうモノなのです。悪運はその種を育テテ異常に大きい花ヲ咲かセルのです。人は本来誰デモ運がイイのです。ソレを育テルかドウカの違いです……」

精霊の声が徐々に小さくなっていく。気づくと、何も聞こえなくなった。今門はエンジンの切れたバイクの傍らで一人ぼうっと立っていた。自宅アパートの駐輪場だ。祠の精霊？　そのような得体の知れないものの姿など見あたらない。

「突っ立ったまま、夢を見たのか」

つぶやき、今門は自分のコートの前を開けた。女の手首を切ったのも夢だったのか、という期待。しかしやはりロングTシャツには血がべっとりとついていた。手探りでポケットの中のものを取りだした。何枚かの紙幣を握る自分の手を、今門は睨む。不本意な凶行は夢ではなかった。

冷たい風がびゅうと吹いた。現実の厳しさというものに殴られたような、暗い気分が今門の胸中にいっそう広がった。

＊＊＊

「――というわけで、有力被疑者は今門為俊という男です。ここまで、何か気になることはありますか？」

午前の十一時半頃。警察署の一室にて安藤《あんどう》刑事が、対座する上司西端《にしばた》警部にそう訊《き》いた。安藤は二十八、西端は安藤より二回り年上だ。

事件発覚は昨夜二十時すぎ。ATM近くで倒れている女を、通りすがりの大学生が発見した。現場では防犯ブザーが鳴り響いていた。大学生は警察に通報した。警察の指示で病院の応援もかけつけたが、すぐに女の死亡が確認された。大学生が発見した時刻にはすでに失血死していたはずだと医師はコメントする。大型ナイフのようなものが凶器であると予想された。

現場のバッグには、携帯電話や彼女がその日作ったらしき会社の報告書が入っていた。そのため身元確認は容易だった。名は青嶋明世《あおしまあきよ》。二十五歳。スポーツ用品メーカーの地元支社社員。独身。

一人暮らし。

現場のそばには祠があるのだが、その祠の前に、青嶋名義のキャッシュカードなどが入った財布があった。銀行の記録によると、青嶋は現場そばのATMから事件直前に金をひきだしている。その金額に財布の中身が足りていない。犯人に奪われたと見える。紙幣としては一万円札が一枚だけ残っていたが、これは犯人が慌てていて抜き取り損ねたものか。

青嶋の両親は遠方に住むが、訃報を聞いて飛んできた。また安藤たちは、青嶋の職場の同僚にも会った。青嶋のバッグと財布を同僚に見せ、これが青嶋のものかと念のために訊いた。バッグのほうはすぐに頷《うなず》いたが、財布のほうについてはよく覚えていないらしく、中に映画の半券が入っていないかと逆に訊きかえされた。というのは、昨日二人はいっしょに『キッシュの味』という話題のフランス映画を観《み》にいった。青嶋は〈上映開始時刻11：00　座席番号11-I〉という覚えやすい席だったそうだ。青嶋が財布の中に半券を入れるのも見たという。この半券は財布の中に確認されなかった。

とはいえキャッシュカードがあるから、九分九厘、青嶋の財布だ。あくまでも念のための確認にすぎず、さほど問題視はされなかった。

さて、この青嶋事件だが、いま安藤が述べたようにすでに今門が有力被疑者として浮上している。いかにして浮きあがったのか？

今門犯人説を支える証拠とは？

――指紋であった。

防犯ブザーに残された指紋が一致した。

まず前提として今門は三年前、路上で通行人を脅迫し現金を奪った疑いで警察（安藤でも西端でもないのだが）に睨《にら》まれたことがある。今門とは、安藤と同世代で、いまはどうか知らないが当時日雇いアルバイトで食いつないでいた男だ。ただ当時、被害者が手続きをないがしろにしたために警察が動けなくなり、尻切れとんぼとなってしまった。が、そのとき警察は今門の指紋をファイルしていた。


今回の青嶋事件は金目当てだと思われる。試しに安藤は、近年この付近で起こった暴力的で短絡的な恐喝事件に目を向けようと考えた。

青嶋事件の現場では防犯ブザーが鳴り響いていた。それは握り寿司のような形と大きさをしている。薄いカバーをめくり、カバーの下にあるボタンを押すことでけたたましい音が鳴り響く。もう一度押せばとまる。ぱっと見、カバーがカバーだとわからないようなデザインになっており、構造を知らない人は〈どこをどう押せば音がとまるんだ？〉と迷うだろう。

今回の犯人もそうであったと考えられる。

防犯ブザーの表面はおそらく犯人により、指紋が綺麗《きれい》に拭き取られていた。しかしカバーの裏には青嶋の指紋と、もう一人何者かの指紋が残されていた。

この何者かの指紋を、恐喝事件の犯人たちの指紋で横断検索したところ――今門がヒットしたのであった。

捜査の定石として周辺の防犯カメラも頼られた。とりわけ重要視された防犯カメラはATMのものとコンビニのものだ。現場は川沿いの道。川も道も東西にのびている。東に道を進んで逃げた可能性、西に道を進んで逃げた可能性、ガードレールを越えてから東なり西なり対岸なりに逃げた可能性。三通りが想定された。

東に道を進んだ場合、ATMの防犯カメラに映る。

西に道を進んだ場合、少し離れたコンビニの防犯カメラがキーとなる。徒歩、自転車、バイクなどであれば道の端を通ることで映らずに通過できるが、自動車ならまず無理だった。

ATMの防犯カメラには、出入りする青嶋こそ映っていたものの、とりたてて不審な人物は映っていなかった。コンビニのほうにも不審な人物は見られない。

ガードレールの向こうには、車道よりも低い位置に土手がある。つまりガードレールを越えた場合、この高低差によってATMの防犯カメラからもコンビニの防犯カメラからも死角となる。ATMやコンビニを通りすぎてからガードレールまであがってくれば、防犯カメラに映ることなくかなり遠くまで移動できる。それをべつの防犯カメラで特定するのは難しい。同様に、泳いで対岸に逃げた場合も難しくなる。

土手には手入れ不充分な木々が茂っており、一見すると誰も通らなそうだった。だがそこには無数の人の足跡が確認された。しかも、最近のものだと見られた。これらの足跡に犯人のものがまざっていたとしても、それを特定するのは無理かもしれない。

今門の自宅と現場は徒歩で移動するには離れすぎている。今門がバイクに乗ることはわかっている。バイクで西から来て西に逃げた可能性が大とされた（先述の通り、これならコンビニの防犯カメラの死角となる）。一応、徒歩で行き来して最寄り駅を利用した可能性、ガードレールをまたいで移動した可能性なども考えられた。

ちなみに青嶋事件の担当について。

もし慣例通りであったなら、じつは青嶋事件は西端の担当する事件ではなかった。しかし本来担当するはずだった警部はたまたま今朝、珍しく熱を出した。そのため、西端が代打に立ったのであった。

何か気になることはありますか、という問いに対して西端が口を開く。

「なぜ今門は——今門を犯人と仮定しての話だが——防犯ブザーのカバーの裏の指紋を拭き取らなかったのだろうか？　見落としたのか？」

想定内の質問だ。安藤は即座に、

「見落とした、と自分は考えます」

「しかしカバーをめくったわけだろう？　それなのに、カバーの裏を見落としたというのか？　あと、あわせて気になるんだが、カバーをめくったのになぜ防犯ブザーのボタンを押さなかった？　押せば音はとまるし、それはなんとなく予想されないか？　仕組みを知らない人間でも、音をとめたいなら、とりあえず押してみないか？」

「仰《おつしや》る点、よくわかります。しかしお言葉ながら、事件当時、暗かったのです。おそらく今門は自分がカバーをめくったともわかっていなかったし、防犯ブザーにカバーがあることもカバーの裏にボタンがあることも理解できていなかった。音をとめようと、あちこち触っているうち、自覚なく〈カバーをめくるがボタンを押さない〉という状況が生まれたのでは？」

「運が悪かったんだな」

「そうですね。音をとめようとあちこちいじったのが裏目に出たのです。運の悪いやつですが、自業自得です。ほかに気になることはありますか？」

「必要書類の書きかたはもう覚えたな？　上に提出したらすぐ今門の家に乗りこむ」

ゴーサインである。安藤は自分の机に戻り、今門に対する捜査の権限を強めるための書類作りに取りかかった。いつもの手順だ。

書類を作っていると、岩里《いわざと》という同期が部屋にやってきた。岩里は盗難などの軽犯罪を扱う別部屋に所属している。軽犯罪の前科犯が死傷事件を起こすことはざらだ。情報交換のため、岩里は頻繁に安藤らの部屋に顔を出す。

今日、指紋の横断検索をするとき、安藤は岩里の力を借りていた。

岩里はべつの人に用があったようだが、それはすぐに終わったと見える。安藤の席に寄ってきて、どうだい調子は、と訊いた。横断検索時にはあまり詳しく説明できていなかった。

「事件解決までの特急券を作っているところさ」

手を動かしながら、安藤は事件と捜査の詳細を伝えた。思ったよりも簡単な事件でよかったな、と岩里はいう。

＊＊＊

今門には今日、日雇いの工場アルバイトがある。かつて非正規雇用枠で働いていた工場だ。所属部門廃止をきっかけにして解雇されたのだが、繁忙期にはこうしてときどき声がかかる。

朝起きて、洗面台の前に立つ今門。

鏡には緑に染めた自分の髪が映る。これは五年前から決めている自分の個性だった。生え際が黒くなっていて、緑のプリンになっていた。冷たい水で顔を洗う。タオルでごしごししているうち、

——女はどうなった？

と、むずむず気になってきた。

テレビにニュース番組を映した。ニュース番組は地域復興イベントの話をしていた。そんな話に用はない。携帯を操作し、地元のウェブニュースを検索した。昨夜以降の記事タイトルの中にそれらしきものを見つけた。——これをクリックすると万が一のときアクセス履歴が警察に知れて証拠となるだろうか？　不安に思い、タイトルを読むだけにとどめた。〈X日夜、XX町の川沿いで女性が刺殺される。無差別の金目当てか〉。女は死んだようだ。

仕事をする気分ではない。無断欠勤しようか、と考える。だが、うじうじしていても頭が重くなるばかりではないかと考えなおした。工場に行くため、家を出た。

近くのマンションの前では皺《しわ》くちゃのおばあさんが箒《ほうき》で地面を掃いていたが、今門にはその表情すらなぜか怒りの表情に見えた。世界全体が自分に怒っている、そんな錯覚に陥りかけた。

吐きそうになった。

——やっぱ、やってられるか。

今門は踵《きびす》をかえし、家の中に戻った。携帯を操作してせめておもしろい何かをウェブ空間に探すが、何もおもしろく思えない。頭が重く感じる。

「おれは、捕まりたくない」

そういえば、と祠の精霊のことを思いだす。——夢だと思うが、あいつは、おれに悪運を授けてくれるといっていたっけ。おれを捕まえるための証拠がことごとく消えるといっていた。

今門は子供時代に読んだ『とっても!ラッキーマン』というギャグマンガを思いだしていた。懐かしいそのギャグマンガは、非力なヒーローがいろいろなラッキーを起こしながら悪の異星人を倒すというストーリー。悪運を授かるというのは、あんなふうにラッキーが身を助けてくれるということだろうか。でもあれはマンガだから……。

人殺しになりたくないという思いが、昔のギャグマンガの思い出を参考にしつつあのような幻を生んだのだろう。などと考えているとき、ピンポーン。チャイムが鳴った。

居留守を使いたい。だが無意味か。大家が家賃滞納に苦言をいいにきただけかもしれない。今門は玄関で、ドアを開けず、

「どちら様でしょう」

と、声をはりあげた。

「失礼します、警察です」

ドア越しの声を聞き、ぶっ倒れそうになる。

今門は扉を開けた。外にいたのは男二人だ。手前にいるのは制服を着た男で、自分と同世代に見える。奥の一人は私服を着た五十代風。二人とも警察手帳の名前入りページを広げ、無言で提示した。制服が安藤、私服が西端という名だとわかった。二人は警察手帳をしまった。

絶望に頭を鷲《わし》摑みされ、揺すぶられているようだった！　目が回ってぼんやりとし、二人が何かしゃべっているのを聞き逃してしまった。気づいたとき、厳しい目をした安藤が今門の名を確認していた。

「――あなたは今門為俊さんですね？」

返事をせねばと気づく。今門はたどたどしく、

「はい」

「青嶋明世という女性をご存じでしょうか」

「いいえ」

事実、聞き覚えがない。だが予想はつく。安藤はポケットから一枚の写真をとりだし、

「この女性ですが」

案の定、昨日刺した女だ。もういっぱいいっぱいいっぱいだ。

「ご存じですか」

安藤の声が大きくなる。逃げるなよ、という圧力すら感じた。

「その、一体……、あの……」

舌がうまく回らない。

安藤が西端をふりかえる。西端は、

「昨日、このかたが路上で刺殺されました」

といったあと、場所をざっと告げた。今門が女を刺した場所と同じだ。

「現場では防犯ブザーが鳴りっぱなしでした。ところで、あなたはこの青嶋さんをご存じですか？」

と、西端。安藤は今門に向きなおり、

「いかがですか？」

「なぜ、その、ここに……」

だめである。舌どころか頭が回らない。潔く罪を認めるでもない、ずる賢く警察をだましにかかるでもない、最悪な反応だと自分でも思う。

西端がまたもや、安藤の後ろから、

「今門さん。あのですね、現場の遺留品にですね、あなたの指紋が残っていたんです。署で詳しく聞かせてくれませんかね」

指紋！　決定的物証もいいところだ！　頭がくらくらとして、今門はあとずさりした。玄関の外にあった安藤の足が玄関の中にずいずいと入ってきた。

安藤はいう。

「ご同行願います」

限界は過ぎていた。今門の喉から漏れる。

「お……」

「はい？」

「……おれが、やりました」

漏れたのは自白だ。耐えられなかった。もはや、早く楽になりたかった。

開かれた玄関の外から、西端の声。

「おい、どうした、大丈夫か」

西端には自分の自白が聞こえなかったようだ。安藤はふりかえらず、

「大丈夫です」

と、いった。今門は安藤と目があった。

「――署で詳しい話をお願いします。ね？」

安藤が小声でそう話しかけた。優しい口ぶりだった。

＊＊＊

大人しい犯人だ、と安藤は思う。玄関の外に出たあと、緑髪の男――今門を手招きする。今門が靴を履こうとする。

――が、そこで西端が急にいう。

「あっ……、ちょっと待て」

「なんです？」

安藤は訊く。西端は顔を伏せがちにし、何か考えこみだしたようだ。安藤だけでなく今門もそれを見守る。ようやく西端は顔をあげた。今門と目をあわせ、

「あなた、昨日の夕方七時にどこにいましたか」

と、訊いた。何事か。安藤はひきつづき見守る。今門はどう答えようか、迷っている様子だ。しかし考えるのを諦めたような、なげやりな口調で、

「ファミレスにいました」

西端は食いさがる。

「どこの？」

今門が場所を告げた。

「席は？」

「席？　番号は……、覚えていませんが……」

「出入り口に近いところか、奥のほうか」

「奥です。窓ぎわです」

「やはり……」

安藤は西端の目を見つめる。説明が欲しい。

西端は話す。

「じつはおれもその時刻、その同じファミレスを利用していた。一人の客としてね。――あなたのその緑に染めた髪をよく覚えていますよ、今門さん」

安藤は驚く。しかし疑念を抱く。捜査に無関係なことではないか、と。

安藤の疑念を見越したかのように、西端は説明を続けた。

「それであのファミレスのことをよく思いだすことになったんだが……、よく思いだしてみると、

おれは被害者の青嶋も見かけているんだ。彼女もやはり同じファミレスにいた」

「えっ」

と、安藤。西端は今門を注視して、

「あのとき、あのファミレスで、あなたは青嶋さんに声をかけました。そうですよね？」

「はい」

今門は認めた。

「どういうことです？」

安藤がいうと、西端は安藤に向かって、

「話を整理しよう。おれが証人だ。知っての通り、昨日おれは代休で非番だった。家でぜんぜん自炊しないもんでな、十七時頃、早めの夕食をファミレスで済ませた。

立地が悪い店なんだ。店内はすいていた。窓際の席にこちらの今門さんが座っていた。おれと同じで、一人で食事をしているようだった。べつの席では女が何かの書類をせっせと作っていた。彼女が作業の途中でトイレに向かったとき、今門さんの席の近くを通り、何かをぽとりと落とした。今門さんは彼女の代わりにそれを拾った。彼女はそれを受け取り、礼を述べて、トイレへと……。ファミレスのことを思いだすまで気づかなかったが、何かを落とした女というのが青嶋だ。何かというのは防犯ブザーだ」

「そんなことが……」

西端は今門に向かって、

「そうですよね」

今門は瞬《まばた》きしながら、西端の顔を見た。おそるおそるといった感じではあるが、

「はい」

首肯した。

西端が安藤に耳打ちする。

「わかるか？　防犯ブザーにこの人の指紋がついたのは、そのときだったかもしれない。指紋の証拠としての意味が疑わしくなったぞ」

——えっ、そうなるのか？

「まさか」

安藤も小声でいう。

「しかし、そうだろう？」

「ファミレスで青嶋が防犯ブザーを落としたとき、防犯ブザーのカバーは開いていたんですか？」

「そこまではわからんよ。しかしおれの勘だ、気になる」

勘？　いずれにせよ西端がそういうなら仕方ない。決定権も責任も西端にある。今門がすぐに海外に逃げるわけでもあるまいし、べつの形で証拠を固めることもできよう。

安藤は今門の様子を観察する。今門は不安そうに、ごにょごにょと話しあう自分たちを見ている。

西端が今門に向かって訊く。

「あなたがあの防犯ブザーを拾ったとき、カバーは開いていましたか？」

安藤はべつに西端のことが嫌いなわけではない。しかし自分が出世したら西端よりもスマートな指揮を執ろうと考えた。というのは、このタイミングのこの質問はスマートとはいいがたい。今門

はもう異変に気づいているだろう。

思った通り、今門は、

「さあ……、開いていたような気もしますが……」

という。

今門の立場からすると――おおよその事情に気づいているなら――せっかくのシロの目というわけだ。実際に犯人であるにせよそうでないにせよ、実際に開いていたにせよそうでないにせよ、実際にファミレスのことを覚えていたにせよそうでないにせよ、とりあえず曖昧に返事をするのが吉だ。

あとで店内の防犯カメラが白黒つけてくれたらいいのだが。

安藤は今門に向かって、

「ええ。しかし、よければ署で詳しいお話を……」

「でも……」

「いやなお気持ちもわかりますが、私どもとしましては……」

などと、安藤が粘っているとき――


――音が鳴りはじめた。

西端の無線だった。

失礼、とひとこと断り、その場から離れて無線にぼそぼそと応じる西端。

待っていると、西端のため息が聞こえた。無線を切り戻ってきた西端は今門に頭をさげて、これで切りあげるという旨をいくらかの詫《わ》びまじりに告げた。

戸惑いつつも、安藤は西端に従う。

扉は閉められた。

アパートの階段を下りるとき、西端は安藤に概要を話してくれた。安藤は思わず、訊きかえす。

「はっ？　有力被疑者がべつにいる？」

信じかねる。

自分はさっき〈おれが、やりました〉という今門の言葉を聞いたはずだ。声が小さかったため西端には聞こえなかったようだが、安藤の耳にはあの言葉がいまでも蘇《よみがえ》るようだった。指紋はファミレスでついたものかもしれないが、本来の見解の通り、殺人現場でついたものかもしれないのだ。今門犯人説にはまだ可能性がある。

それとも、あの〈おれが、やりました〉は安藤の空耳——あるいは今門の気の迷いであったというのか？

二人はパトカーに乗る。

「何か新たな証拠が見つかったんですか？」

「そうだ。映画の半券だ」

「半券？　——アッ、被害者の同僚が証言していた……」

また安藤たちは、青嶋の職場の同僚にも会った。青嶋のバッグと財布を同僚に見せ、これが青嶋のものかと念のために訊いた。バッグのほうはすぐに頷いたが、財布のほうについてはよく覚えていないらしく、中に映画の半券が入っていないかと逆に訊きかえされた。というのは、昨日二人はいっしょに『キッシュの味』という話題のフランス映画を観にいった。青嶋は〈上映開始時刻11：00座席番号11-I〉という覚えやすい席だったそうだ。青嶋が財布の中に半券を入れるのも見たという。この半券は財布の中に確認されなかった。

あらたな有力被疑者は郷田悠児《ごうだゆうじ》という男。青嶋、今門、安藤と同様に二十代一人暮らしの地元の住民であった。

＊　＊　＊

安藤はパトカーの中で西端から説明を受ける。

郷田は私立中学校の体育教師であり、サッカー部の顧問と三年の担任を務めている。住まいは今門のアパートの近所であり、歩いて一分もかからない。

現在、西端のべつの部下が郷田を事情聴取しているそうだ。西端はまず、署にいる安藤の同期――あの岩里から話を聞く手筈《てはず》を整えていた。というのも、郷田犯人説の根幹には岩里の働きがあるからだ。

事情はこうだ。

今日の昼、つまり先ほど、授業をサボった女子中学生が書店でマンガを万引きした。常習犯である。これまで臭い臭いと思われていたが、今回ようやく現場を押さえられたのだ。店長は警察を呼んだ。親にも連絡しようとしたが、親より先生がいいと万引き少女が泣きついた。それで教師が呼ばれた。これが郷田である。また、警察として到着した二人のうち一人が岩里だった。

郷田は店長といっしょになって彼女を怒鳴った。その最中に話の流れで、マンガの料金は自分が払うといって財布を開けた。店長は断ったが郷田は譲らない。岩里も、

「先生、財布はしまってください。先生もよくおわかりの通り、もうお金を払うかどうかの問題ではないので」

といって、店長に加勢した。

ところで万引きは犯罪だし、この万引き事件の顚末《てんまつ》も法治社会として重要だ。しかし青嶋事件にとって重要なことといえば、万引き事件そのものではない。

店長だけでなく警察にもそういわれて郷田は不本意そうに財布を閉じた……が、そのときはらりと、財布から何かが落ちた。カードでも落ちたのかと思って岩里が親切で拾うと、映画の半券だった。

キッシュの味
十一月X日　11：00～
11-1席　XXシアター

本来ならべつだん気にせず、はいどうぞと渡して済む話だが、岩里はめざとく〈おや？〉と思っ

たそうだ。安藤とその話をしたばかりだったからだ。覚えやすい上映開始時刻と席番も記憶に新しかった。

岩里はさしだした手をひっこめた。半券を手にしたまま、

郷田に訊いた。

「この半券は？」

「あ、ゴミです」

郷田はそれをもらおうと、手を伸ばした。

しかし岩里は半券を自分のポケットに入れた。

「あなたはこの映画を観ましたか？」

郷田は怪訝そうな顔をした。書店の店長も、万引き少女も、もう一人の刑事も、きょとんとしたそうだ。岩里は郷田だけを部屋の外に連れだして問い詰めた。結局〈自分はこの映画を観ていない。半券は自分が使ったものではない。半券はどういうわけか今朝車内に落ちていた。あとで捨てようと思って財布に入れておいた。最近は車に誰も乗せていないのでふしぎに思っている〉という旨の供述が得られた。

「青嶋明世という女性が市内の路上で死亡していたのをご存じですか？」

「えっ！　本当ですか？」

郷田は飛びあがった。その様子から、お知り合いですか、の問いは割愛できた。

「失礼ですが、どういう関係のお知り合いですか？」

郷田は答えかたを考えはじめたようで、もじもじとしていたが、しばらくして説明がなされた。

要約すると元恋人だ。大学生のときから交際をしていたが、半年前にワカれたそうだ。

岩里はもう一人の刑事に事情を話し、万引きの処理を任せることにした。その後の処理に郷田が必要というわけではない。岩里は郷田をパトカーに乗せ、いっそう踏みこんだ事情聴取をなした。

昨夜は一人でドライブに行ったあと、家で買いだめのビールを飲んでいたという。ドライブの直後、一度、仕事のことで職場の教頭と電話をしていた。これが唯一の例外というもので、あとは、問題の時間帯に彼がどこで何をしていたか、証言する人はいない。通話はどこでも可能だ。効力はゼロといってよかった。

「今朝は朝早くから部室の掃除をしました。先週の優勝旗を早く飾りたいのに狭くてそれができなくて。三年前の文化祭のときの看板がバキバキに壊れているのにまだあったので、これを捨てることにしたんです。回収前にどこに移すか、教頭がまだ決めかねていてですね、朝出勤前にマンションの階段を下りたところで生徒に電話し、どこそこにゴミを出して大丈夫、うるさくいわれないから、などと指示したんです。そのあと出勤しました。途中で一度忘れものを取りに帰りましたがね。学校に着いたあとは生徒といっしょに掃除をし、それから、はりきって朝練もやりましたよ。私もいっしょに走りました。生徒が証言してくれるはずです」

などと郷田は力説したそうだが、今朝のことはどうだっていいのだ。

ストーリーが浮かびあがる。〈昨夜、郷田と青嶋がどこかで会った。青嶋は車の中で半券を落とし、郷田はそれを拾った。そのあと現場で青嶋を殺した。証拠としての半券の意味に警察が気づいているとは知らなかった、あるいは半券の時刻席番まで暗記している刑事と無関係なところで会うとは思いもよらなかった……〉というストーリーだ。

署に向かうパトカーの中。

安藤は西端にいう。

「――それで、郷田こそ有力被疑者、となるわけですか」

「すんでのところだったたな」

間違えて今門に的を絞らなくてよかったな、という意味だろう。

西端の声に機嫌のよさが感じられた。

しかし安藤はすっきりしない。


「お……」

「はい？」

「……おれが、やりました」


あの言葉はなんだったのか！

担当外のヤマに深入りしすぎるのはよくないと考えた岩里は、その後の捜査をおおむね西端の部下二人に任せたそうだ。西端が今門のアパートで受けた無線は部下からのものであった。部下二人はあのときすでに、万引きがあった店の近くにいた。

通話中に西端は、自分が直接岩里と話をすること、および、その情報から書類を作ることを決めたという。郷田が解放を強く希望しない限り、部下二人はパトカーから郷田を出さない、つまり事実上の拘束を続ける手筈となっている。

西端と安藤は署に到着した。早速、岩里がいる部屋を訪れる。挨拶のために腰をあげた岩里を、西端は肘でこづいた。

「よっ、シャーロック・ホームズ」

笑う岩里。

「なんですか、もう」

「自分が担当してない事件なのに、話に聞いただけの証拠をつかんじゃうんだものな。シャーロック・ホームズみたいな名探偵だよ」

西端は小説なんて読むのだろうか。いかにもオヤジなふざけかただと安藤は思った。

「たまたまですよ。たまたま日時と席番を覚えていて、たまたま半券のほうからやってきたもんですから」

岩里はいう。安藤はさっさと本題に入りたくて、

「半券は？」

「鑑識だ。指紋はいくつか採《と》れた、拾ったときのおれのものも含めてね。郷田の指紋もあるし、青嶋の指紋もある。身元不明の指紋もあるが、シアターの従業員のものだと思われる。いっておくけど、今門の指紋はない。シアターに問いあわせたところ、昨日あの時刻あの席番の半券は一枚きりしか印刷されていないとわかった。しかもそれは青嶋の同僚がクレジットカードで二枚買ったうちの一枚だ。証言されていた例の半券そのものであることは間違いないね。

あと、さらなる進展があったと聞いてるぜ――」

岩里は西端と安藤に手近な椅子を勧めた。二人は座った。

岩里も椅子に腰をおろした。今度は西端のほうにも視線を送りながら、あらたまった口ぶりで、

「――第三者の新しい証言があったんです。というのは、青嶋と郷田の関係を確認するため、郷田から聞きだした彼ら共通の知り合いに事情聴取がなされました。青嶋郷田と同じ大学だった女性です。

今日午前中、彼女は郷田に、被害者の死について携帯電話でメッセージを送っていたのです。ご存じの通りこの事件は被害者の氏名つきで、今朝の時点で少なくともウェブ上で報道されています。彼女が死んだことを知っているか、インターネットで見てびっくりした、今度会って飲まないか、という旨のメッセージです。郷田は即時〈悪い。最近忙しくてそんな時間を作れない〉と返信しています。直接確認済みです。いいですか？　一字一句この通りの返信なんです」

「妙だな」

と、西端がぽつり。さっきふざけたときの顔つき口ぶりとは、さすがに切り替えられていた。

「そうですよね。青嶋が死んだことを知っているか、自分が郷田に訊いたとき、郷田は〈えっ！〉と驚いていました。しかし実際にはどうです。自分が郷田と会うよりはるか前の時刻に、郷田はさっきの証人からメッセージをもらっています。返信までしているんです」

「寝耳に水、という演技だったんだな」

西端の言葉を受け、岩里は深く頷く。

安藤は二人を交互に見つつ、

「証人とのやり取りを忘れ、うっかり、いま聞いたという演技をしてしまった。そう解釈するということですか？」

「そうだ。それ以外に何か？」

西端がいう。

安藤には思いつかない。考えていると、岩里が二人にいう。

「この矛盾のことは担当者がすでに郷田につきつけたそうです。メッセージの内容を細かく読んでいなかった、というのが郷田の説明です。飲みの誘いのところだけをぱっと見て、また飲みの誘いかと思って、うんざりしてとりあえず断った。たまたまそういう気分だっただけだ。そう説明したそうですよ」

一応筋は通っているではないか、と思う。

だが西端はいう。

「無理があるな。あと、どうして半券を持っていたのか、これは？」

「変わりません。自分が聞いたのと同じです。車の中に落ちていた、どうして落ちていたかはわからない。この一点張りです」

「かわいそうに、うまい嘘《うそ》が思いつかないんだろうな」

「自分が説明できるのはこのぐらいですが」

「ありがとさん、半券関係の事情だけでも充分に強力な武器になる。——安藤、上のハンコをもらい次第、郷田の顔を拝みにいくぞ」

岩里は頭をさげて、それじゃ自分はこれで、また何かあればいつでも、という。西端は立ちあがり、部屋を出た。安藤はそっと、岩里に声をかける。

「もう一つ頼まれてくれないか。急遽《きゅうきょ》、ファミレスの防犯カメラを確認したい」

青嶋、今門、西端の三人が同時に利用したという件《くだん》のファミレスだ。店舗を教えると、岩里はいやそうな顔をすることもなくオーケイといった。


本来の部屋に戻った途端、安藤は西端に声をかけられた。

「すっきりしていないようだな」


西端の席の近くに、安藤は立つ。

「じつは――」

自分があのとき耳にした今門の自白らしきつぶやきについて、西端に説明した。

安藤の説明を聞いた西端は座ったまま、

「たしかに安藤がひっかかるのはわかる。でもだな、郷田が半券を持っていたことについてどう考える?」

「それは……」

「今門の自白だが、安藤の空耳だという可能性は?」

「空耳ではないと思いますが……」

「その言い方だと、空耳の可能性もある」

「……、その通りです」

だからこそ、先ほど岩里の説明に割って入るようなことはしなかった。目もあっていないときに突然ぽつりとつぶやかれた言葉にすぎない。何一つ聞き逃すまいと耳をそばだてるリスニング試験でもないのだ。空耳ではないと断言できるはずはなかった。

「いや、責めているわけじゃないんだがな。たとえばの話、警察は過去にカツアゲの疑いで今門を強く疑っただろう？　それがシロかクロか、知らんけどな。そのとき警察は今門の指紋まで記録した。だから、今門は警察を逆恨みしているかもしれん。それで、イタズラに捜査を混乱させることが狙いで〈おれが、やりました〉といったり、それを否定するような態度を示したりしたのかもしれん。どうだ？」

「否定はできません。ただいずれにせよ、のちに今門を再訪したいです」

「いわれなくても再訪は必須だ。郷田関係の報告があったせいで事情聴取にぶつ切りの印象があったし、ああまでプレッシャーをかけた。あれで終わりだと、うるさい連中を介して警察叩《たた》きの火種にされかねない。――といってもまずは郷田郷田で攻める。いいな？」

「もちろんです」

よし、といって西端は安藤の席を指さす。安藤は自分の席につき、書類を作りはじめる。

西端は席についたまま、べつの部下と無線で連絡を取りだした。無線越しの会話の中で西端が、

「でかした」

といったのが気になった。安藤は作ったばかりの書類を手に持ち、部屋を出た。手続きを済ませて戻ったとき、西端は通話を終えていた。

「デカい証拠が出てきたぞ」

「郷田の？」

「当然だ。愛《いと》しの今門のことはいったん忘れろよ。じつはさっき、郷田のやつがついに痺《しび》れを切らしたもんで、彼らは仕方なく送ったそうだ。もう半休を取ったから職場ではなく家までな。デカい物証はそのときに発見された」

「なんです？」

「返り血を浴びた服だ」

＊　＊　＊

「捕まらない……、かもしれない」

今門はひとりごとをいう。

防犯ブザーのカバー裏についた指紋という頑強な物証が、先ほど目の前でぐにゃぐにゃと弱化した。

——あれが、精霊とやらのいう悪運なのか？

自分が警察に捕まるというルートを、これからも悪運がきっちり潰してくれるのだろうか。まだ完全に信じているわけではない。けれども、希望を感じる。

なお、絶対の悪運が本当だとしても——ちょっと注意したいのは、青嶋、西端、自分の三人が昨日同じファミレスにいたことだ。自分はあそこで青嶋をターゲットにした。なので、青嶋と自分が場所を同じにしていたのは偶然ではなく必然だ。しかしそこに西端までいたことは偶然といわねばなるまい。

精霊が悪運を授けてくれたのは犯行後である。だから本来――悪運を疑わない立場からしても――なぜ時間を遡《さかのぼ》ってファミレスの時点に偶然が起きたのか、という疑問がある。

しかしその答えは、精霊の説明の中にありそうだった。というのも精霊は、

「というヨリ、この特殊な悪運の関与ヲ抜キニシテ、アナタやアナタの周辺の過去には種が自然に蒔カレテイルのデス。悪運はその種を育テテ異常に大きい花ヲ咲かセルのです。人は本来誰デモ運がイイのです。ソウいうモノなのです。ソレを育テルかドウカの違いです……」

といっていた。西端が同じ店にいたのは本当にただの偶然だった。けれども、そういう人物が事件を担当して自分のことを思いだした。これが悪運であるといえる。

ファミレスでターゲット探しをしていたとき、気が弱そうな単独行動の女性ということで気になった。一度なんぞ、トイレに向かう途中で彼女が落としたものを今門が拾ったため、二人は言葉を交わした。

また、何を隠そう、ファミレスで青嶋が落とし自分が拾ったものはじつは防犯ブザーではない。携帯電話である。あれが防犯ブザーであったというのは完全に西端の早合点であった。これこそが悪運のもたらしたものか。

よく考えてみれば、悪運授与時以降に何かを起こすには何かしらの流れがいる。たとえば運よく誰かに会うのだとしても、過去にその人が生まれていて、その日まで死なずにいる必要がある。これを偶然と呼ぶのは日常的ではないが、偶然といえば偶然だ。精霊のいう〈種〉がこれなのか。今回の例でいうなら、悪運のない場合とは、西端と同じ店にいなかった場合ではなく、同じ店にいた西端が事件を担当しない場合、自分のことを思いださない場合、防犯ブザーを落としたと勘違いしない場合などだ。

すなわち悪運とは——もし本当に授かったのであれば——自然発生していた偶然を総ざらいし、拡大したり組みあわせたりすることでその働きを強化してくれるものなのだろう。そうして、ありえる未来の中で最良の未来を選択してくれるのだろう。

またさらに、悪運の真偽の向こうに、気になることもある。もし悪運が真だったとしたなら、悪運は青嶋事件のみに作用するのだろうか？　それとも、今後すべての行いについて〈捕まらない〉を保証するのだろうか？

精霊の説明ではこの点は曖昧だったように思う。もし今後すべてに〈捕まらない〉を保証してくれるなら、この上なくワンダフルなのだが。

とはいえ、それはのちのちのポイントだ。いまは青嶋事件。青嶋事件についてきちんと作用してくれるのであれば、たとえそれだけに終わったとしても充分だ。いま、今門はそう思う。そして、悪運のことが本当であってくれ、と願う……。

＊　＊　＊

安藤と西端は署の廊下を歩いている。

安藤は西端から説明を受けたところである。

服についてだ。

——先ほど、郷田がとうとう帰宅を強く望みだした。手続きを終えた現時点であればほとんど力ずくで拒否できるが、そのときはまだだったため、西端の部下であるピンチヒッター二人は自宅まで郷田を送ることになった。

マンションの部屋の前まで同行した。扉を開けて郷田が片足を入れたところで、二人は敬礼をした。しかし扉が閉まる直前、郷田の〈うわあっ〉という声が聞こえた。たちまち、郷田が転がるようにして部屋から出てくる。

「どうしました！」

一人が尋ねると、郷田は苦笑する。

「いえ、なんでもなくて……」

たしかに見たところ深刻そうなそぶりはないが、有力被疑者だ。なんでもないで済ませられる状況ではなかった。食いつくと、郷田は扉を大きく開けて部屋の中を見せながら、

「靴脱ぎ場にゴミ袋を置いたままだったんです。でも忘れていて、たまたま、さっきこれにつまずいちゃったんです」

二人は、なんだそうですか、といおうとしたもののすぐその言葉を喉《のど》の奥にひっこめたそうだ。靴脱ぎ場に事実ゴミ袋はあった。半透明のゴミ袋の中では、何かが競馬新聞にくるまれていた。おそらく直前に郷田が踏みつけたせいだろう、競馬新聞が破れて中身が一部露《あら》わになっていた。赤黒いシミのついた布地が見えた。当然、一人が訊く。

「これは？」

「ですから、ゴミですが……」

重要な血痕ではないかと考えた二人は有無をいわさず、なかば強引にゴミ袋を開けた。ロングTシャツだった。返り血を浴びた服を処分する直前の様子にしか見えなかった。

「これは違うんです――」

と、叫んだあと、郷田は自発的に説明をはじめた。

「――今朝、いつも通りに車で学校に向かったんですが、忘れものを取るために一度ひきかえしたんです。そのときどういうわけか、自分の部屋の前にこのゴミ袋があったのです。そのままにしておくと、みんなが共用廊下を通る邪魔になるし、位置関係からゴミ袋の主は自分だと思われてしまいます。自分はここに引っ越してまだ日が浅いので、マンションの人たちに嫌われたくなくて。だからとりあえず靴脱ぎ場のところに放りいれておいたんです。今度のゴミの日に出そうと思って。だからこそさっき忘れていたというわけでもあって……」

このあたりで西端と連絡を取ることになったのだった。

ゴミ袋一式とともに郷田はふたたびパトカーに乗せられた。ピンチヒッター二人のうち一人はその場にとどまり、簡易的な捜査を続行する。

パトカーが署に着くやいなや、ゴミ袋一式は鑑識に送られた。

赤黒いシミが血痕であることは鑑識が保証した。ゴミ袋やロングTシャツ、競馬新聞からはきちんとした指紋が採れなかった。ロングTシャツには水洗いの痕跡がある。

やがて、ピンチヒッターのもう一人も署に戻った。二人は本来の仕事にようやく戻ることができた。


安藤は西端にいう。

「郷田の部屋の前に誰かがゴミ袋一式を置いたという可能性を考えているんですが、マンションの防犯カメラはチェック済みでしょうか？」

「マンションでの調査も一通り済んだ。防犯カメラも守備範囲だ。しかしあいにく昨夜から今日にかけて、たまたま不具合があってデータは壊れてしまったそうだ。エントランスから郷田の部屋に至るルートを映す三つの防犯カメラすべてが、だ」

「たまたまの不具合？　まさか、意図的な――」

「いや、意図的に壊されたとは思えないらしい。管理会社によると、この不具合は以前から何回も見られたものだ。三つ同時になるのはちょっと珍しいようだが。――それよりもだな、重要なことに、マンションに入るにはパスワード式セキュリティを突破する必要がある。お前の愛しの今門のような部外者が郷田の部屋の前にゴミ袋を放置することはできないぞ」

「外から投げいれた可能性は？」

「問題の共用廊下は建物内部にある。郷田の部屋のドアは建物内部に向かって開かれる。郷田の部屋の玄関前から空は見えない。外から何かを投げて玄関前に置くことはできない。ほかに訊いておきたいことはあるか？」

「いえ……」

西端に不機嫌な様子はない。今門犯人説を捨てきれない安藤を理解してくれているようだ。

二人は部屋に入る。

郷田は、安藤が予想していたイメージそのままの男だった。朝にはサッカー部の部室の掃除なり練習なりにつきあい、昼は昼で、生徒の万引きの商品を自分で買うといいはる。血気が感じられる話をこれまでに聞いてきた。ある種、アスリートの顔をした男だ。

ただ現在、その目には、狼狽《ろうばい》の色がありありと浮かんでいた。

「こんにちは、事件を担当しております警部の西端です」

と、西端。郷田は身をのりだして、

「私は犯人ではないんです」

「落ち着いてください、まだ捜査中です。もしあなたが潔白ならば堂々としていればよろしい。じきにそれを裏づける証拠が出てくるはずです」

しかしそういう西端の顔には〈犯人はお前だ〉と書いてあるようだった。

「たしかに私は明世――青嶋明世と以前につきあっていました。しかし最近はぜんぜん会っていないし、今度のことがあるまで思いだしもしませんでした。でもわかりますか？　懐かしい、悲しい、という気持ちがあります。かつて思い出を共有した男女の仲として、彼女の葬儀に列席したい。そうなんです、葬儀に呼ばれるならわかるんです。でもここはまるで牢屋《ろうや》のようなものですよね？

私はですね、私は、犯人ではないんです」

牢屋ではありません、と西端がいう。

安藤が割って入る。

「郷田さん、話し忘れていることは何かありませんか。どうしてあなたが半券を持っていたのか、どうして血のシミがついた服を持っていたのか……」

「わからないのです！　半券は車の中に落ちていました。服が入ったゴミ袋はマンションの自室の前にありました。その理由はわからないのです！」

叫びだった。偏見かもしれないが、審判に抗議をするサッカー選手のようにも見えた。

そういえば、郷田はサッカー部の顧問だ。大学や高校の頃にはサッカーの試合に出ていたかもしれない。


——なんでもいいから糸口を探したい。

安藤は脱線覚悟で訊く。

「サッカー部の顧問だそうですが、あなたも昔、サッカーを？」

郷田は真摯な目で安藤を見つめ、

「高校のとき県代表をさせてもらい、進学もスポーツ推薦です」

「ああ、それほど」

「最近はなまっていますが、それでも生徒らといっしょにやるようにしています。練習する姿勢自体にせよ、プレイ自体にせよ、手本を見せたくて。今朝からはいっしょに走るようにしました」

安藤はひっかかった。

「今朝から？　今朝からのトレーニングメニューなんですか？」

「そうです。今朝からはじめたんです。校庭を出て、いつも誰もいない川沿いの土手を往復するんです」

西端と安藤は目をあわせた。西端が舵《かじ》を取り、詳しく訊いた。郷田はさくさくと答えた。今朝からのランニングコースとは、まさしく青嶋事件の現場の、あの川沿いだった。ガードレールの向こうの土手だ。


土手には手入れ不充分な木々が茂っており、一見すると誰も通らなそうだった。だがそこには無数の人の足跡が確認された。しかも、最近のものだと見られた。これらの足跡に犯人のものがまざっていたとしても、それを特定するのは無理かもしれない。


もう忘れかけていた無数の足跡の謎が解けた。

郷田率いるサッカー部の足跡だったのだ！

西端は郷田を新たな角度から追い詰めはじめた。なぜ今朝にいきなりランニングを。なぜあの土手を。

「なぜといわれても……、新メニューをたまたま思いついたからにすぎないですよ。先週、地区大会で優勝しました。勝って兜《かぶと》の緒を、ですよ。試合終盤ではスタミナ切れで危ないシーンがいくつか――」

郷田の説明を聴き、さすがに安藤も思う。嘘にしか聞こえない、と。

やはり郷田が犯人か？　自分が聞いた今門のあの言葉は空耳か、今門のイタズラか何かか、いずれにせよ大事ではないのかもしれない。揺れる安藤だが、警察として正しくありたいという思いだけは揺れない。

一通りのやり取りが済み、西端と安藤は部屋を出る。

しばらく歩いたあと、西端は安藤に向かって、

「足跡をわからなくするために部活の朝練にランニングを急遽加えるとはな！」

といって、くっくっと笑う。

事態を整理するため、安藤は訊く。

「そうまでして足跡の隠滅にこだわったということですね？」

「そうだ。警察がどんなハイテク捜査で足跡から情報をひきだすか、わかったものじゃないからな。また世の中には、メーカー名が凸凹として靴の裏に刻まれており、ハンコ式に地面にメーカー名を残す靴もある。その手の靴かもしれん」

「自分一人で朝にこっそりと足跡を消さなかったのは？」

「第一に、そんな姿を誰かに見られたら警察の被疑者リストに変に浮上してしまう。第二に、土手の足跡が証拠になると気づいたのが朝練に顔を出したあとだったのかもしれん。

第三に、土手の足跡を一人で消すのは難事だと思わないか？　消すべき足跡を捜す手間は馬鹿にならないし、隠滅を行う際の新しい足跡が厄介この上ない。汚れた靴を履いたままで床掃除するようなものだ。消す作業の中でどんどん消すべきものが生まれていく。これを想像するとき、じゃあもう部員らを連れてみんなで踏み荒らしてこよう、それが手っ取り早い、という発想に至るのは自

然ではないかね？」

「実際こうやって怪しんでいる通り、今朝のタイミングでいきなりランニングをはじめるとかえって怪しまれて——」

「おいおい、おれたちが郷田を怪しみだしたのは、あくまでも岩里のミラクルプレイにもとづいてのことだ。あれさえなければ、郷田なんていまだに被疑者リストに浮上していないよ。かえって怪しまれるもクソもあったもんか。あんなミラクルプレイは想定されていなくて当然だ」

安藤は頷いた。


いつもの部屋に向かう途中、安藤の携帯電話が鳴った。画面には岩里の名。ファミレスの防犯カメラについて頼んでいたな、と思いだした。出る。岩里の声がする。

「いま大丈夫か」

「大丈夫だ」

「ファミレスの防犯カメラなんだが」

「助かるよ」

防犯カメラは何か教えてくれるだろうか？　昨日、青嶋が落としたものは本当に防犯ブザーだったのだろうか？　昨日の今門の服は、今日発見されたロングTシャツと同じではないだろうか？

「防犯カメラ、たまたま壊れてしまったそうだ。昨日のデータは消失した」

「えっ……」

「どうする？」

「本当にたまたまか？」

「そうだ。誰かが壊したとは考えられない」

安藤はぼうっとしてしまったが、気を取り直して、

「協力してくれてありがとう。ほかを当たってみる」

「何か新展開が？」

「ただの確認作業だ」

「やってやろうか？」

「さすがに頼みすぎだ。あとは自分でやるよ」

また飲みにいこうな、といって岩里が通話を切った。


安藤は警察署を発《た》った。得体の知れない気持ち悪さを覚えながらも、べつの防犯カメラを求める。つまり、ファミレス近くの店舗をいくつか回り、めぼしい防犯カメラの映像を見せてもらおうとしたのである。

結果は散々だった。なんと、安藤が確認しようとする防犯カメラはどれもこれも、たまたま、ことごとくデータごと壊れていたのであった。にわかには信じられないが、事実だ。あまりのことに安藤は吐きそうになった……。

＊　＊　＊

悪運はいまも、おれの知らないところで、おれを守ってくれているのだろうか。――そんなことを思いながら、今門は自宅から一歩も出ずに過ごしていた。仕事は結局無断でドタキャンした。

少し前、窓越しにパトカーが見えた。パトカーは近くのマンションの前に停まった。安藤でも西端でもない警察官たちに挟まれる形で一人の男がパトカーから降り、マンションに入った。が、男はまた戻ってきて、パトカーに乗せられた。そのパトカーはこっちには用がないようで、どこかへ消えた。

男がパトカーに乗るその様子には、犯人が連行されるシーンという雰囲気が見られた。もしも本当にそうだとすると、青嶋事件ではない別件なのか、それとも青嶋事件の自分の容疑が晴れたのか……。

いまは午後五時過ぎ。今門は気晴らしにだらだらと、バラエティー番組の未消化の録画を観ているところだった。

司会者から水を向けられたひな壇の芸人が芸を披露しようとしたとき、今門の部屋のチャイムが鳴った。今門、録画を一時停止して出る。なかば予想していたが、西端と安藤だった。

安藤がいう。

「ふたたび失礼します。お時間よろしいでしょうか」

「なんですか」

警察の攻撃を覚悟した。

――悪運、頼む。本物であれ！　またおれを助けてくれ！

声に出さず願う。ただ、じつはいま、安藤はなぜか苦しそうな表情をしている。だから充分に期待できた。

安藤は苦しそうな表情のままで、

「伺いたいことがあるのです」

「なんでしょう」

「率直にお尋ねします。今門さん、あなたは今日〈おれが、やりました〉と仰っていましたよね？」

今門が答えずにいると、安藤は重ねて訊く。

「あれはどういう意味ですか？」

「気のせいではありませんか？」

精いっぱい考えて絞りだしたフレーズだった。

「では、そんなことはいっていない、と」

「そうです」

二人は見つめあった。安藤は瞬きをしたあと、

「失礼しました」

といって、かぶりを振った。

今門はここぞとばかりに強調して、

「おれは犯人ではありません。犯人はべつにいるはずです」

「ええ、はい」

「もしかしたら事故とかかも。とにかくおれは犯人ではないんですよ」

「わかりました。ご協力ありがとうございました」

このとき、安藤の後ろにいる西端が口を開いた。

「今門さん、心配なさらないでください。犯人と思《おぼ》しき人物は、すでに見つかっているんです」

「えっ？　あっ……、そうなんですか」

——いまの〈えっ？〉はマズかったか？

しかし西端に気にする様子はなかった。西端はにこやかな表情で、

「被害者と関係のある人物です。被害者と接触したことを示す証拠品を持っていました。さらには、自宅から血痕つきの服が発見されたのです。警察はいま、その人物の容疑を固めています。こうして伺ったのは事情聴取があまりにも中途半端だったからで、あらためて捜査ご協力のお礼を申しあげるためでした。また、そのついでと申しましてはなんですが、安藤の空耳が空耳であることの確認もしたかったにすぎません」

今門の身体じゅうに、自信と元気がみるみる湧く。

——おれは勝った！　悪運は本物だ！

怖いもの知らずとなった今門は、西端に訊く。

「被害者と接触したことを示す証拠品、というのは？」

「映画の半券です。被害者が観た映画の半券を持っていたのですよ。本来は被害者の財布に入っていたはずなんですがね」

「先ほど、近くのマンションにパトカーが停まっていました。もしかしてそれが？」

「ああ、わかりませんが、おそらくそれのことです。すでに連行しましたのでご安心ください」

気さくに教えてくれるところを見ると、今門の容疑は完全に晴れたようだ。

本来、いくら容疑が晴れたとはいえ、こうした情報は教えてもらえないのかもしれない。犯人扱いしたお詫び程度の軽いノリで情報を漏らす人間が捜査を担当していること、および、その人物がある種の気の迷いで実際に漏らすこと——これらも悪運によるものなのかもしれなかった。

「犯人が捕まってよかったです」

「ご協力ありがとうございました」

と、西端。ただ、かたや安藤はまだ少し疑問を感じているようだった。しかし辞して去ろうとする西端に抵抗するわけではなかった。二人は去った。

＊＊＊

今門再訪が済んだ。パトカーの中、安藤はアクセルを踏む。隣には西端が座っている。今門のアパートがゆっくりと遠のいていく。

つきあたりのマンションすなわち郷田のマンションの前を曲がる形になるのだが、安藤がそこまでパトカーを動かしたとき、一人のおばあさんがマンションの前を箒で掃いているのが見えた。ゴミ捨て場だ。〈決められた日に出せ！〉という貼り紙がある。

おばあさんはマンションの住人であろうと思われる。

安藤ははっと思った。

——もし今門が犯人であり、ここに血痕つきの服を捨てたとしたら、どうだろう？

血痕つきの服を入れたゴミ袋は、普通なら、ここで発見されることになる。あるいは、ゴミ収集車が回収してしまうか、である。

——けれど、もしもそのゴミ袋を住人のものだと勘違いした人がいたら、どうだ？　そのうえ〈決められた日に出せ！〉の貼り紙に背いたものとして怒りを買ったら、どうだ？

安藤の想像は膨らむ。

——たとえば、いま掃除をがんばっているこのおばあさんだ。

徐行で角を曲がりながら、安藤は考える。というのも、もしゴミ袋が放置されていたとした場合、郷田は今朝、それが自分のものだという誤解を与えかねない言動を取っているのだ。

三年前の文化祭のときの看板がバキバキに壊れているのにまだあったので、これを捨てることにしたんです。回収前にどこに移すか、教頭がまだ決めかねていてですね、朝出勤前にマンションの階段を下りたところで生徒に電話し、どこそこにゴミを出して大丈夫、うるさくいわれないから、などと指示したんです。

もしおばあさんが不届きなゴミ袋をたまたま見たあと、同様にたまたま、こうした郷田の通話を断片的に耳にしたら、どうなるだろう。同じマンションの住人である彼女が郷田の部屋を知っており、腹を立てた彼女がゴミ袋を郷田の部屋の前に置いたというのはありえる話だ。忘れものを取りに帰ったときに部屋の前でゴミ袋を見つけたという郷田の話と嚙《か》みあう。

——仮にそうなら……。

なんにせよ、今門の計算であるはずはない。

あくまでもたまたまが今門を助けつづけたなら、の話だ。だが、ありえるかありえないかといえば、ありえる。

しかし本来担当するはずだった警部はたまたま今朝、珍しく熱を出した。そのため、西端が代打に立ったのであった。

たまたまですよ。たまたま日時と席番を覚えていて、たまたま半券のほうからやってきたもんですから。

メッセージの内容を細かく読んでいなかった、というのが郷田の説明です。飲みの誘いのところだけをぱっと見て、また飲みの誘いかと思って、うんざりしてとりあえず断った。たまたまそういう気分だっただけだ。そう説明したそうですよ。

靴脱ぎ場にゴミ袋を置いたままだったんです。でも忘れていて、たまたま、さっきこれにつまずいちゃったんです。

防犯カメラも守備範囲だ。しかしあいにく昨夜から今日にかけて、たまたま不具合があってデータは壊れてしまったそうだ。

なぜといわれても……、新メニューをたまたま思いついたからにすぎないですよ。

防犯カメラ、たまたま壊れてしまったそうだ。昨日のデータは消失した。

なんと、安藤が確認しようとする防犯カメラはどれもこれも、たまたま、ことごとくデータごと壊れていたのであった。

もしおばあさんが不届きなゴミ袋をたまたま見たあと、同様にたまたま、こうした郷田の通話を断片的に耳にしたら、どうなるだろう。

具体的にはとくに思いつかないが、万に一つの話、何かの偶然によって半券が郷田の所持となるというケースもあるかもしれない。

おばあさんとあとで話をしてみよう、と安藤は考えた。ただ、捜査の方針は郷田犯人説でガチガチだ。まずは西端を警察署に送らねばならない。

角を曲がり終えた。安藤はアクセルを深く踏む。

＊　＊　＊

——おれは悪運の子！　無敵だ！

警察官が去ったあと、今門は部屋で大笑いした。大笑いが彼らに聞こえるかどうかなど、もはや気にもしなかった。

西端がいうには、近所のマンションの一室から血痕つきの服が出てきたそうだ。

この服についてなのだが——今門に思うところはある。

証拠隠滅のため、今門は昨夜寝る前に、犯行時のロングTシャツを処理した。水で洗えるだけ洗ったあと、競馬新聞に包み、ゴミ袋に入れた。それをこっそりと近所のゴミ捨て場に放置したのである。気づかれる前に早く回収してくれという思いだった。近所のゴミ捨て場というのは、具体的には、今日パトカーが停まったあのマンションのゴミ捨て場だ。

だが逆にいうと、ここまでしか把握できていない。

ゴミ捨て場に捨てたのに、なぜ住人の部屋から発見されたのだろうか？　今門にはわからない。

試しにマンションのゴミ捨て場を見てみることにした。

「何をしてもどうせ、おれは捕まらないしな」

それに、今門にはもう一つ気になることがあった。


アパートを出る今門。
二、三歩歩いたところで、ぴしゃんと音がした。
雷鳴だとすぐにわかった。


見上げると、黒い雲が空に広がっている。雨なき雷雲、これを指す和語が何かありそうだが今門は知らなかった。

——まるで祝砲のようだ。超人的な悪運を得たおれを祝う祝砲だ。

問題のマンションのゴミ捨て場では、おばあさんが一人、掃除をしていた。今門と彼女は会釈を交わした。彼女は空を見上げて、

「なんだか、いやな天気ですね」

といった。

彼女と言葉を交わすのははじめてであるし、名前も知らないのだが、今門は彼女の姿をもう何度も目にしている。というのは、彼女はどうやらマンションの住人であり、ここでよく掃除をしているからだ。掃除が趣味だと見える。

実際、今朝もいた。

近くのマンションの前では皺くちゃのおばあさんが箒で地面を掃いていたが、今門にはその表情すらなぜか怒りの表情に見えた。世界全体が自分に怒っている、そんな錯覚に陥りかけた。

——そういえば今朝怒っていたな、この人。

「いやな天気ですね。——あの、ちょっと変なことをお尋ねするようですが、今朝ここにゴミ袋がありませんでしたか?」

今門が訊くと、おばあさんはいう。

「ありましたよね、ゴミ袋。困りものですよね。今日はゴミ出しの日ではないのに! 出した当本人は電話で、出しても平気だとか、気にするなとか、いい加減なことをいっていたんですよ。私、頭にきちゃってね、そのゴミ袋を本人の部屋の前まで運んだんです」

こうしてゴミ袋が住人の部屋の前に置かれたというわけだ。あとは通行の邪魔だと思ったその住人が深く考えず自室に入れたか、あるいはさらなる事情が連鎖して部屋の中に入ったか、どちらかだろう。

——悪運、サンキューベリマッチ!

多少不鮮明な点は残るが、今門は充分にすっきりした。

「ご苦労様です。いや、今日はゴミ出しの日ではないから変だな、と思ったんですよ」

と、今門。おばあさんはいう。

「そうですよね。ルールを守らない人って、いやですよね」

「あと、映画の半券については何かご存じですか？」

「なんですか」

「半券です。映画のチケットです」

「いいえ……」

映画の半券を第三者が所持していたことにもおばあさんが絡んでいたのか、と考えての質問だった。収穫なし。とはいえ、要するにどうにかこうにか、悪運が同じような連鎖を作ってくれたのだろう。

そう思いつつ、今門はあたりを見回す。

昨夜の光景が思いだされた。

窓を開けた車に寄りかかって電話で立ち話する社会人風の男。〈決められた日に出せ！〉と殴り書きされたゴミ捨て場の貼り紙。それらを通りすぎ、路地のつきあたりに今門のボロアパートがある。

「ははあ……」

気づいて、思わず声が漏れる。――いままで気づけなかったが、先ほどパトカーで連行された男というのは〈窓を開けた車に寄りかかって電話で立ち話する社会人風の男〉ではないか！　あのとき立ち話していた男こそが、今日濡《ぬ》れ衣《ぎぬ》を着せられた男だ！

これに気づくことで、なんとなく見えてきた。

手探りでポケットの中のものを取りだした。何枚かの紙幣を握る自分の手を、今門は睨む。不本意な凶行は夢ではなかった。

冷たい風がびゅうと吹いた。現実の厳しさというものに殴られたような、暗い気分が今門の胸中にいっそう広がった。


あの冷たい風のおかげだ！

——被害者の財布に入っているはずの半券とやらを、おれはここまで持って帰ってしまったんだ。被害者の財布からカネを抜き取ったとき、半券はカネとカネに挟まれていた……。

容易に想像できる。紙幣といっしょに自分のポケットに入っていた半券。アパートの下でポケットの中のものを取りだしたとき、たまたま風が吹く。今門の知らないうちに半券は飛び去る。窓を開けたままの男の車に半券が飛びこむ。男がそこで半券を拾ったか、警察がじかに車中で発見したのか、そのあたりまでの詳細な流れはわからないが、ともかくこうして半券が男の所持品として警察の目にとまった。

「なるほどね！」

今門は笑いだす。視界の片隅で、おばあさんがびくりと震えた。

ではさよなら、といって今門はその場を離れる。

「何をしてもどうせ、おれは捕まらないしな」

それに、今門にはもう一つ気になることがあった。

――おれはゼッタイ捕まらない。ゼッタイゼッタイ捕まらない。

今門は心の中でリズミカルに唱える。ゼッタイ、ゼッタイ。マンションのゴミ捨て場を離れて、近所の酒屋を訪れた。もう一つの気になることを確認するためだった。

またさらに、悪運の真偽の向こうに、気になることもある。もし悪運が真だったとしたなら、悪運は青嶋事件のみに作用するのだろうか？　それとも、今後すべての行いについて〈捕まらない〉を保証するのだろうか？

精霊の説明ではこの点は曖昧だったように思う。もし今後すべてに〈捕まらない〉を保証してくれるなら、この上なくワンダフルなのだが。

青嶋事件の脅威が去った以上、このポイントについて調べるべきだ。

もし精霊にこちらから会えるなら会って訊くのだが、会う方法はあいにくわからない。

――じゃ、調べるには、これっきゃないだろう。

酒屋にいるのはレジの店員一人だけだった。はじめて利用する店ではないが、決して顔なじみの関係ではない。店員は西端と同世代に見える。雰囲気から今門が思うに、気が弱いタイプではなさそうだ。

今門は手近な缶ビールを一本手にし、声をかけた。

「おい、おやじ」

店員は受け取ろうと手を伸ばした。

「まいど」

「このビール、タダでもらってやる。いいだろう?」

一円たりとも渡さないままで、かつ、缶を握りしめたままで、今門は堂々と店を出た。ドアを開けっぱなしにして、店先で缶を開栓した。くるりとふりかえり、店員に挑発のまなざしを向けながら飲みだした。

「警察を呼ぶぞ」

店員が声を荒らげる。

「呼べよ。おれは万引き犯だ」

「ふざけるな」

「どうした、呼べよ。おれは万引き犯だ!」

店員のほうを向いたまま、今門はげっぷを放った。

店員は深いため息をついたあと、レジ横にある固定電話の受話器を取った。面倒臭そうにボタンを押しはじめる。一一〇番だと思われる。

仮に悪運が青嶋事件のみに作用するのだとしたら、自分は万引きの現行犯として捕まるはずだ。それはそれで仕方なく受けいれるつもりだった。そのダメージを勘定に入れてもなお、青嶋事件以外に悪運が作用するかどうかを知ることのメリットは大だ。実験が成功した場合、ワンダフルな世界が広がるのだから。

――さあ、悪運よ！　降臨せよ！

今門は缶片手に、空を仰ぐ。

期待を膨らませる。


天気は悪い。

黒い雲を見ながら。ごろごろという音を耳にしながら。

ふと、今門は考える。


この万引き事件だが、法律的な罪の重さは青嶋事件よりも軽いだろう。だが現行犯であり、今門は〈おれは万引き犯だ！〉と主張している。容疑の濃さでいうと比較にならないぐらい濃い。件の悪運が青嶋事件以外にも有効だとした場合、悪運にとって重要なのは罪の重さではなく、容疑の濃さではなかろうか。容疑が濃ければ濃いほど強引な展開が必要となるからだ。

今門サイドとしては、ひいては人間社会サイドとしては、この万引き事件は青嶋事件よりも小さな存在かもしれない。ところが悪運サイドとしては、じつは青嶋事件よりもはるかに重要事であり、はるかに深刻であり、はるかに強力な反応を要求されたことになる。

精霊は人間に随分と呆《あき》れていたようだ。一万円の施しのおかげで例外扱いしてもらえたが、自分はその施し以外の敬意を金銭的にも態度的にも払っていない。もしかしたら精霊は時間差で、そんな自分にも呆れたかもしれない。そもそも精霊と悪運の関係はわからない。精霊が悪運を操縦しているのか。悪運は自動で動くのか。なんにせよ精霊が懇切丁寧なアフターサポートをしてくれることは期待しないほうがいいだろう。

悪運の具体的な原理は完全に不明だ。それでも、悪運が人の意思に作用するかもしれないという仮説はおのずと立つ。となると、今門がこうして万引きしたこと自体が悪運に織りこみ済みであるという見方もできる。落としどころを用意するための潮流に今門がとうに放りこまれていたと見ることもできる。

もし自分が悪運を操縦する立場、あるいは悪運それ自体だとしたら、このあまりにも強力な万引きの容疑をどう処理するだろうか。いうなら、もしこれが小説であり、自分が小説の作者であったなら、どうオチをつけるだろうか？


「悪運？　つまり運のいいことに、おれは捕まらないということか？」

「そうデス」

「逮捕ではなく書類送検だからＯＫなんていわないでくれよ。たとえ書類送検でも不起訴にしてくれよ」

「ハイ」


一つ、確実な方法がある。罪人が絶対に逮捕されない展開、それは罪人が死ぬことだ。罪人が死ねば〈逮捕されない〉という体裁はご都合主義的に保たれる。書類送検がなされたとしても絶対に不起訴となる。

とびきり強力な反応を要求された悪運は、このとびきり確実な手段を選びやしないだろうか。死が強引であり不自然なご都合主義的な展開であるからこそ、逆説的に、それは悪運のとびきり強力な反応として自然ではなかろうか。

と、このような考えに達した途端、悪運は雷という形でやってきた。つまり今門はたまたま雷に打たれた。命は散った。

（了）

ロックトルーム・ブギーマン

「密室殺人！」
「そのとおり。密室の殺人、完全犯罪、ありとあらゆる探偵小説の作家が、いや現実の犯罪者が永遠に求めてやまぬ黄金郷《エルドラドー》だ。しかも求めて実現できない見はてぬ夢だ」

『刺青殺人事件』
高木彬光

永利俊二郎《ながとししゅんじろう》……一〇二号室の住人で、在野の民俗学研究家。ブギーマンに殺された。
出野《いでの》……アパートの大家。
古井《ふるい》……病院スタッフ。
浅石《あさいし》……永利の助手。
伊勢井《いせい》……永利の助手。
小篠《こしの》……県立博物館スタッフ。
成本《なるもと》……フリージャーナリスト。
南方《なんぼう》……巡査部長。
吉武《よしたけ》……巡査。
柿田正義《かきたまさよし》……巡査。ブギーマンだが、永利殺しに関与していない。
父……柿田正義の父のこと。ブギーマンだが、永利殺しに関与していない。

#【問題編】

1

　ブギーマンとは、ベッドの下やクローゼットの中にいつのまにか隠れている怪物のことだ。子供を襲う伝承などが知られている。柿田はそんなブギーマンの父と人間の母を持つ二十歳すぎの青年である。

　ある夜勤明けの朝だった。

　柿田がベッドの中で目を瞑《つむ》っていると、突然声がした。

「柿田、起きているか？　返事をしろ」

　柿田は目を開けた。横になったまま、首を動かすが誰の姿も見えない。

「返事をしろ」

　ガン！　ベッドを下から蹴られたようだ。声はベッドの下から聞こえたとわかった。機械で変えた声であり、性別さえわからない。

「起きている」

　柿田がいうと、

「お前はこの町で働く、ブギーマンの血を持つ巡査だ。そうだね？　このまま聞きなさい。私もまた、ブギーマンの血を持つものだ。こうしてベッドの下に侵入できたことが証《あかし》になったと思う。お前に伝えておきたいことがある。この町でナガトシという男がブギーマンの研究をしていた。その男の死体が今日、密室で見つかる」

いきなり、なんの話だろうか。

「密室で……？」

「お前は仕事柄、死体発見にかかわるかもしれない。事情聴取にはブギーマン研究の話題も出よう。ブギーマンをただの伝承だと考える人間連中と異なり、お前はブギーマンの関与を考えるだろう。好奇心を抑えられず、ブギーマンの仕業かどうかを検討しようとするかもしれない。下手に騒いだお前が、ブギーマンの存在を公にさらす失敗をしないかどうか、私は不安だ。だからさっさと教えてやるべきだと考えた。――ナガトシは私が殺した」

話が見えてきた。機械を挟んでいるせいでうっすらではあったが、〈殺した〉というときの語気に諦めや悲しみに似た色が感じられた。

「なぜ殺した？」

「ブギーマンの存在をオープンにしていくことはブギーマン社会の平和を脅かす。お前も知る通り、ブギーマンみなが暗黙のうちに心得ていることだ。にもかかわらず、じつは私はヘマをし、ナガトシのブギーマン研究が飛躍するきっかけを作ってしまった。このままだとブギーマン社会と人間社会の関係が激変するおそれがあった。私は責任を持って研究の芽を摘むべきだと考えた」

「お前が一人で殺したのか？」

「私一人だ。私一人がヘマをし、私一人で責任を持って殺害した」

——勝手な真似《まね》を。

「なぜぼくがブギーマンだとわかった？」

「先月のある日、私は月を見ながら酒を飲むため、穴場の廃工場を訪ねた。蓋の開いたドラム缶があったのだが、中に衣服が一式入っていた。人はいなかった。まるでブギーマン移動の痕跡のようだと一人笑いながら、私は酒を飲んだ。その場をあとにするとき、ふとふりかえってみると、ドラム缶の中から頭が覗《のぞ》いた。私は慌てて隠れた。私に気づかなかった男は全裸のままドラム缶から這《は》いでて、服を着た。

その男がお前だ。そのあと私はブギーマン移動を駆使しつつお前を尾行し、お前の名、職、この家を知った」

見られた。大失敗だ。迷子探しのためにブギーマン移動を使った夜のことだろう。子供が夜の山に入った危険があったため、ざっと山道を探索したのだ。夜の山を足で捜索すると危険だが、ブギーマン移動ならさほどでもない。このときの子供は当夜、町の中で無事保護された。

声はいう。

「驚いたよ、柿田。私以外にブギーマンと人間のハーフがいるなんてね」

「何！　お前もなのか」

「そうだ」

自分以外にもいたのか。

「お前は……、どこの誰だ？　人間社会でふだん、なんという名を名乗っている？」

「いいな？　お前がブギーマンだと私が知ったのは、お前のヘマによる。ナガトシの密室についてお前が躍起になり、同じようなヘマを大規模な形でされると困る。私が責任を取った意味がなくなる。だからこそ、こうして伝えてやる必要があった。現場は密室だ。人間連中は必ず自殺説に落ち着く。お前は安心し、彼らに調子をあわせるにとどめるべきだ」

「お前は誰だ！」

「私の配慮を無駄にしないように。頼んだぞ」

「名乗れ！」

しばらく待つが、返事がない。柿田はベッドからはねおき、床に這いつくばった。ベッドの下を見るが誰もいない。侵入者はブギーマン移動でどこかに去ったのだ。

代わりに、見るからに安物のボイスチェンジャーがあった。ベッドの下に柿田が放置していたタオルにくるまれている。指紋対策のためだろう、綺麗《きれい》に拭かれていた。

柿田はぎゅっと、強く瞼《まぶた》を閉じた。

ブギーマン移動をするためだ。

ブギーマン移動。それは妖怪ブギーマンの血を持つものにのみできる芸当だ。テレポーテーションとも呼ばれる。

いま、通常ではなくブギーマン移動の意図で目を瞑った柿田の視界には、三次元マップが現れた。三次元マップに動物（人間、ブギーマンを含む）の姿はない。それらの死体もだ。壁を通りぬけて好きなようにマップ移動できる。〈マップをどうやって動かすのか〉は〈眼球をどうやって動かすのか〉と同じように言語で説明しづらい。だがとにかく容易だ。一気に地球の裏までマップを移動させることも可能だ。

こうしてマップで地点を決めたあと、むっと気合いを入れると、頭の中でバウウウウウグイイイイと音が響く（ブギーマンのブギーはこれに由来するという説が有力）。

今回も響く。

バウウウウウグイイイイイ。

頭痛と同じで、頭の中に響くだけだ。実際に周囲に音が聞こえるわけではない。

さて目を開けると、そこはもう、先ほどマップで決めた地点だ。このとき衣服含めて所持品は一切持っていけない。必ず全裸になる。さっきボイスチェンジャーがベッドの下に残されていたのも、この性質によると考えられる。ブギーマン移動ではボイスチェンジャーを持ち帰ることができなかった。

ちなみに持ち込みのほうはおそらく留守を狙ってのことだ。たとえばまず、服とボイスチェンジャーを置き去りにして近所の公衆トイレなり自分の車なりから柿田の家の中にブギーマン移動で侵入する。次に玄関のカギを開け、またブギーマン移動で服とボイスチェンジャーがある地点に戻る。そのあと服を着てブギーマン移動なしで家に侵入し、ボイスチェンジャーをベッドの下に放りこみ、逆の手順でカギをかけて去る。これでいける。

今回ブギーマン移動の着地点として柿田が選んだのは交番の更衣室の物陰だ。柿田にとってブギーマン移動のお気に入りスポットだ。私服の着替えは多めに常備してある。

早速、制服を身につけ、更衣室を飛びだす。

南方巡査部長がデスクで爪を切っていた。ほかのものは奥の部屋にいるようだ。部長は柿田を見て、

「まだいたのか。あいかわらずの神出鬼没ぶりだな。もう帰っていいぞ」

柿田は、はいと答えたあと、さりげなく棚から住民名簿を取りだした。密室の現場というのは、ナガトシの家だろうか？　ほかの場所？　侵入者はそこまでは教えてくれなかった。どこを探すべき？　一点突破でその家なりなんなりを調べることを部長にどう説明する？　ブギーマン移動をするものの血脈が世にあること、および、自分がそうしたブギーマンの一人であること――柿田は一切説明していない。

侵入者もいっていた通り、人間社会の常識が激変し、ほかのブギーマンたちの迷惑になるかもしれなかった。だから柿田は少なくとも現時点まで秘密を保っている。難しくはない。信じてもらうための努力をしないだけで充分だ。

いまさら現場に行っても意味はないかもしれない。どうする、と迷っているうちに交番の電話が鳴った。柿田が受話器を取ると、

「警察ですか？」

と、声がする。柿田は交番の名を告げたあと、

「どうしましたか？」

相手は涙声でまくしたてた。

「私の知りあいが自殺しそうなんです。もう、しているのかも。遺書みたいなものが私の家の郵便受けに入っていたんです。いまはその人のアパートです。窓に明かりはついているのに、部屋を開

けてくれません」

柿田はアパートを聞きだした。電話の主と〈私の知りあい〉の名も知った。電話の主は浅石、〈私の知りあい〉は永利というそうだ。

2

交番に同僚らが残り、柿田と部長が二人で現場にかけつけた。非番の柿田はみずから申しでて参戦を認めてもらった形だ。

オートロックなしのアパートだった。一階の一〇二号室、そのドア前に人がいた。見た目三十代。スポーツブランドロゴのTシャツを着て、ポーチを肩からさげている、大柄な女だ。

「浅石さんかね」

部長が声をかけた。はい、といってTシャツの女もとい浅石が頷《うなず》いたあと、

「電話でお話しした〈遺書みたいなもの〉とはこれのことです」

ポーチから折り畳まれた紙を取りだし、広げた。大学ノートぐらいのサイズの白い紙が一枚で、中央に活字で〈疲れた。死を選びます。永利俊二郎〉と印字されている。

部長が手に取り、

「これは預からせてもらおう。郵便受けに入っていたんだって？」

「そうです。封筒も切手もなく、投げこみのチラシのようにポンと。なんのことかと思って永利さんに電話したのに、ずっと出ないんです。不安が膨らんで、こうやって来てみると、ほら、ここか

ら見えるトイレの窓が明るいです。でも、呼び鈴を鳴らしても……」

浅石は呼び鈴のボタンを押した。家の中でブーと鳴っているのが聞こえた。しかしそれだけだ。ドアの右側には格子つきの窓があり、そこは明るい。

部長はプリントをウエストポーチの中に片づけた。

柿田は迷う。というのは、ブギーマン移動を使えば難なく中に入れるからだ。しかしこの状況でそれをやるのは、穏やかな選択とはいえない。

部長は浅石に簡単な自己紹介を求めた。彼女は近所で一人暮らしをしており、五年ほど前に地域ボランティアで永利と知りあったという。永利は大学や企業に所属していないが、地道な民俗学研究をしている。浅石は一応、その助手という肩書きを持つそうだ。

部長は開かずの扉を睨《にら》み、大家に相談するかね、とつぶやいた。

すると浅石がいう。

「大家の出野さんは一〇七号室に住んでいます。永利さんの一〇二号室は研究会の本部としても機能していますから、私、このアパートにはよく出入りしています。出野さんとも顔見知りです」

三人は一〇七号室の前まで駆けた。呼び鈴を鳴らすと、一分足らずで無精ひげの男が眠そうな顔で出てきた。柿田は警察手帳を見せて事情を説明した。出野はぶつぶついいながら一度ひっこみ、カギをつきだした。柿田がカギを握りしめるなり、出野は中からドアを閉めた。

三人は一〇二号室前に戻った。柿田はカギを開けた。ドアを大きく開けようとするが、そうはできなかった。中からチェーンがかかっている。柿田はわずかに開いた隙間から、部屋の内部を覗く。何か大きなものが奥にあるようだ。

一歩だけ下がり、部長にその場を譲った。部長は同じく隙間から中を見たあと、ため息をつき、ウエストポーチからペンチを取りだした。

「必要になるかもしれんと思っていた。お前、やれ」

柿田はペンチを受け取った。ペンチを巧みに使い、チェーンを切った。

ドアを大きく開くことができた。


玄関を開けてすぐのところに短い廊下がある。廊下の右に二つのドア、左奥に一つのドア、つきあたりは壁になっている。左奥のドアのノブに紐《ひも》状のものがくくられ、先が輪になっている。輪に首をつっこんだ年輩の男がいて、パジャマ姿の彼は長座位から尻だけ浮かせた、不自然な体勢で固まっている。顔に生気がない。


部長は浅石にいう。

「部屋に入らず、そのままそこにいなさい」

「あれが……、永利さんです」

訊《き》かれてもいないことを浅石が説明してくれた。警察官二人は一〇二号室に足を踏みいれた。部長は浅石を外に残したまま、ドアを閉めた。柿田はペンチをその場に置き、病院に連絡して応援を求めた。

近づいてよく見ると、紐状のものは電源タップの延長コードだった。ありふれた品で、使用感がある。二人は永利の首をコードの輪の中から出してやった。永利の身体《からだ》を廊下の床に置く。

確認すると事切れていた。

部長が玄関のドアを開け、外の浅石に訊く。

「この玄関以外に出入りできるところは?」

「ベランダだけです。一応、ほかにも窓がいくつかありますが、どれも格子つきです。人は出入りできません」

「ベランダには、どの部屋から?」

浅石は右奥のドアを指さした。部長はきびすをかえし、その部屋に進んだ。柿田はペンチを拾って右手に持ったまま、部長に続いた。

その部屋でいちばん目立つのはホワイトボードだった。入って右手にある、キャスターつきのホワイトボード。床からの高さ一メートル半で幅二メートルといったあたりだ。何も書かれていない。

ベランダに出入りできる窓も目立つ。大人でも充分に出入りできる大きさ。カギはクレセント錠であり、すなわち〈あげるとカギがかかる、さげるとカギが開く〉という、半月形のシンプルなタイプのものだ。いまはあがっている。つまり、カギがかかっている。

デスクランプ、ペン立て、ティッシュ箱などを置いたデスクがあり、そのそばに金庫がある。手提げバッグ程度の大きさで、扉は開放されている。中は丸見えだが、完全に空だ。金庫の近くには金属バケツとライターもある。バケツの中には灰が溜《た》まっている。

窓際には、そう大きくはないゴミ箱が倒れている。格闘の跡とも見えるが、単に生活の中で蹴飛ばしてしまっただけにも見える。紙ゴミや消しゴムのカスが近くに散らばっている。同じくゴミ箱の近くに丸められたティッシュがいくつか転がっているのも印象に残った。倒れているゴミ箱の中を覗くと、ほとんどゴミは残っていない。そこにティッシュの姿はない。

丸められたティッシュをなんとなく目で数えてみると十二だった。一〇二号室の床にティッシュのゴミが十二——一〇二と十二——意外と記憶に残りそうだ。

クローゼットがあり、金庫と同じく、扉が開放されている。中にスーツなどはあるが、数は少ない。扉を閉めると、中に隠れることは容易だ。のみならず、扉を少し開けて部屋の様子を盗み見ることもたやすい。——ブギーマンはこうした場所からの侵入を好む。

さて、窓の外は——? 柿田はペンチを床に置き、クレセント錠をさげた。あとの指紋採取のことを考え、触れる面積は極力少なくした。手袋もつけている。

開けた窓から二人は顔をつきだした。ベランダというには名ばかりで、エアコンの室外機と物干し竿《ざお》を置くだけのスペースのようだ。顔を横に向けると車道が見える。ここは一階だ。低い塀に囲まれているがこれをまたぐのは造作もない。ブギーマンでなくとも、この窓を通れば一〇二号室から往来に脱出することができる。さっきは内側からカギがかかっていたが。

窓が閉められ、カギがかけられた。

「ドアノブで首吊《つ》りできることは、お前、知ってるな?」

と、部長が柿田にいう。

「はい」

　首吊りの死体というと、完全に足が地面から離れ、風鈴のようにぶらさがらなければならないと思われがちだが、実際はドアノブ程度の高さで充分だ。首にかかる体重の程度が重要であり、床に足がついていてもできてしまう。柿田は講習でそれを知った。こうしたタイプの自殺も珍しくないそうだ。

　柿田はデスクランプのコードに目をやる。先はどこにもつながっていない。壁のコンセントには何も差されていない。先ほどのコードはこの二つをつなぐのにぴったりだ。犯人がブギーマンなら、全裸がお決まりのブギーマン移動で凶器を持ちこむことはできない。その場にあったコードで首を絞めるのは理にかなっている。首吊り自殺を偽装するという目的にもだ。

　二人は金庫の部屋から、死体が横たわる廊下に出た。


　柿田はついでに、金庫の部屋の向かいにあるドア——コードが結ばれているノブのドアを開けた。玄関を背にし廊下を見たなら、このドアが廊下の左側に位置するドアになる。右側の奥にあるのがさっきの金庫の部屋のドアだ。右側の手前のドアにはＷＣと書かれている。

　つまりコードが結ばれたドア、金庫の部屋のドア、ＷＣと書かれたドア、玄関のドア。廊下にあるドアはこれら四つですべてだ。

　コードのドアを開けると寝室だった。ベッドが本などに囲まれている。柿田は部屋の中を歩き、誰もいないことをたしかなものにした。寝室には廊下に出入りするドアのほか、二つのドアがあった。開けてみて浴室とＤＫだとわかった。柿田はそれらの部屋にも入り、やはり誰もいないことを確認した。

浴室に窓はない。寝室とＤＫには腕がやっと通るぐらいの大きさの窓があったが、格子が設けられているため、実際には腕さえ通らない。しかも内側からカギがかかっている。

部長は指紋採取キットもウエストポーチに用意していた。病院の応援を待つあいだ、コードが結ばれているノブと金庫の部屋の窓のカギについて念のために指紋の調査がなされた。どちらにも指紋はついていなかった。床に転がっているティッシュのせいだろうと柿田は考えた。ブギーマンはあれらでめぼしい指紋を拭《と》き取ったあとで文字通りドロンしたのではないだろうか。なお、あのティッシュから指紋を採るのは科学的に無理と見られた。

ゴミ箱は格闘で倒れてしまったのだろうと柿田は思う。ゴミ箱を立てなおして中にあったものを戻そうとすると、ついうっかり何かに指紋を残してしまうおそれがある。だから犯人はゴミ箱を倒したままにし、ティッシュをそこに捨てておいたのではないか。実際いま、あたかもティッシュはもともとゴミ箱に入っていたかのように見えた。

部長は窓を開けた。ベランダの様子にもう一度目を向けて、

「ベランダに異変はない。ベランダに出る窓にはカギがかかっていた。ほかの部屋の窓から出入りはできない。玄関はカギをされ、チェーンもされていた。遺書もある。殺人ではないようだな」

柿田は窓に背を向け、唇を嚙《か》み、廊下の死体のほうに目を向けた。後ろで、部長が窓を閉める音がした。

現場は密室だ。人間連中は必ず自殺説に落ち着く。お前は安心し、彼らに調子をあわせるにとどめるべきだ。

今朝侵入者は名乗らなかったが、その心理はおのずと想像される。

責任を持って殺したというものの、ブギーマンの倫理としても殺人は決して歓迎されない。責任というなら、そもそも責任を持ってヘマをしないよう気をつけ、永利の研究が飛躍するきっかけを与えるべきではなかった。

名を伏せたい気持ちには同情できなくもない。――が、同調はしかねる。あのブギーマンは責任感を我が身かわいさの隠れ蓑《みの》にしている。柿田は警察官の仕事に誇りを感じている。たとえこの国の司法で犯人を裁けないにしても、最終的に傍観を選ぶことになるにしても、犯人を特定したかった。

柿田と部長は玄関を出た。

柿田は署に連絡した。形式通りなら署から人がただちに送られるはず。しかし現実的には、署は常日頃から忙殺されている。緊急性に乏しそうなこの事件、到着は遅くなるかもしれない。

通話を切ると、浅石がいう。

「私、出野さんのところで待機していてよろしいでしょうか」

部長はそれを認めた。浅石は一〇七号室の呼び鈴を鳴らした。浅石が出野に簡単に展開を教え、待機場所に使わせてほしいというと、出野は彼女を中に招いた。ドアが閉まった。

柿田と部長は病院のスタッフを迎えるまで、一〇二号室のドアの前で待機していた。やってきた病院のスタッフは何人かいた。彼らは死体の写真を撮りだした。指揮をとったのは古井という若い女だ。古井はみずからの目でも死体をよく観察した。部長と古井は話しあい、永利の死体をひとまず病院に運ぶことにした。

スタッフが仕事をするあいだ、警察官二人は玄関前から動かずにいた。

「殺しのセンはありますか？」

ほかのスタッフらに死体を運びださせた古井が自身も退却しようかという段になり、部長はあらたまった調子で訊いた。古井はポケットに手をつっこんだまま、

「自殺だよ――で済ませたいが、遺体の状況がやや珍しい。密室でないなら、殺しだといいたいところだった」

「と、いいますと？」

「男はあのコードによって絶命した。これは確実だ。遺体の状況から死亡推定時刻が今朝七時ごろであるともわかる。ただ奇妙なことに、死亡時のコードの位置と発見時のコードの位置が違うようだ。おまけに、誰かに背後から首を絞められたと考えたなら、死亡時のコードの位置がしっくりくる。あの男は小柄で軽い。コードの輪に首を通しポーズを取らせることは女の私にでもできるね」

柿田が思うに、古井は成人女性として大柄とも小柄ともとれない。

「では……」

と、何かいいかける部長を古井は制して、

「とはいえ、首を吊って少ししたあとに体重でコードの位置がズレた、と考えられないでもない。死亡時のコードの位置も首吊りとしてしっくりこないというだけであり、必ずしもそうでないと確

定できるものではない。決定的な矛盾ではない」

「殺しかもしれないということですか」

「密室なんだろう？」

「そういえばトイレの窓は……」

といいながら、部長はすぐそばにある、WCと書かれたドアを開けた。電気はついたままだ。中の窓を開けようとするが、びくともしない。また、窓の外には格子が見える。

おそらくだが、犯人はトイレの電気が外から見えると知っており、そのため電気をつけっぱなしにしたのだろう。チェーンを破壊してもらう理由を少しでも増やしたかった。何かあって密室状況が崩れてしまう前にさっさと確認してほしかった。偽《にせ》の遺書を作ったのと同じ動機だろう。あくまでも想像だが、柿田はそう考えている。

部長は古井のほうをふりかえって、

「駄目です！　格子があるだけでなく、錆びついていて、そもそも窓が開きません。ここからの脱出も不可能のようです」

「自殺だね」

古井は去った。


ブギーマンの侵入に窓やドアは必要ない。

魔術上等。難攻不落。これぞブギーマンの手による正真正銘の真密室なり。ブギーマンを知らぬ人間は世界終末の日まで真相に到達できないだろう……。

3

部長に連絡が入った。通話を終えた部長が柿田に内容を教えた。連絡は署から。古井の報告を受けた署は自殺説に疑いを抱いていないそうだ。本来は署の人間が現場にやってくるのだが、事実上の初動捜査は部長の采配となった。署は慢性的に人手不足であった。紙の上の決まりを踏まえた外面《そとづら》はべつに用意される流れだ。後日に上の人間が形だけの捜査をし、部長のレポートをほとんどコピーして公式書類を作るだろう。

浅石が一〇二号室にやってきた。彼女は通報者として永利の助手として、捜査に協力したいという積極的な姿勢をありありと示していた。

三人は金庫の部屋の中に立った。

部長は永利のプロフィールや近況について、浅石に説明を求めた。浅石は積極的に説明した。永利俊二郎――享年五十二――独身――民俗学研究家――スポンサーを募って食いつないでいた。自殺する理由は見あたらないという。

「具体的にどういう研究を?」

部長が問うと、浅石は答える。

「多岐にわたりますが、基本的には家屋に関する伝承について。たとえば永利さんが最近熱をあげていたのは、物陰に潜む、人知をこえた侵入者の伝承です。別名ブギーマン伝承です」

「ブギウギ?　楽しそうだな」

「いえ……」

浅石の表情筋は一瞬ひきつったようだ。研究内容に向けられた部長の興味はせいぜいこのぐらいだった。

ちなみにブギーマンの数は少ない。世界じゅうあわせても百をこえまい。空間をとびこえられるブギーマンにとって集落という概念は人間のそれと少し意味が違うが、基本的に彼らは北欧の島の一つで集落をなす。いまも昔も細々《ほそぼそ》でありながらも彼らの血が絶えていないのは、およそ三百年ほどの個体寿命と近親婚文化によるものだ。ただ、いずれ絶えそうだ。

部長は例の〈遺書のようなもの〉と郵便受けの関係について掘りさげようとした。郵便受けを最後に見たのは昨夜の九時ごろだという。そのときには空だった。郵便受けのところだけでなく、投《とう》函《かん》者の足取りを辿《たど》れるような場所に防犯カメラはついていない。

柿田は金庫とバケツのほうを指さし、

「これに心当たりがありますか?」

すると浅石が訊きかえす。

「金庫の中の書類、どうして持っていったのですか?」

「ぼくたちが見つけたときには空でしたが……」

「えっ! じゃ、そのバケツの灰って……」

ぺたんとその場に座る浅石。

「もともとは金庫の中に書類があったんですね?」

柿田が質《ただ》すと、浅石は柿田の顔を見あげて、

「そうです。私もまだ見ていませんが、とくにブギーマン伝承の詳細がまとめられたものと聞いていました。今度データ化し、学会用の資料を作ることになっていたんです。それなのに……」

三人の視線がバケツに集中した。

浅石は床から腰をあげて、

「燃やされたってことですよね」

柿田は中腰になり、バケツに手を入れて調べた。徹底的に燃やされたようだ。灰のみ。文字など見当たらない。灰で汚れた手袋を新しいものに換えたあと、

「バケツとライターはこの家のものですか？」

と、柿田が訊くと、浅石が頷いた。

「そうです」

「どのくらいの損失です？」

「ここ数か月の研究は半分ぐらいパーになりました。長年の研究が何もかもパーというわけではありませんから、まだやっていけますけど……。あっ、いえ、永利さんが亡くなったのでした。たしかにこうなっては、書類なんかどうでもいいでしょう……」

部長がぼそりと、

「永利さん、自分でこれ燃やしたのかな」

といった。浅石がいう。

「たしかに、私にも意外です。でも……、そうですね……、ありそうにも思えます。中途半端なレポートを残しておくと、のちのち内容を誤解されるおそれがあります。だから燃やしてから死ぬ。

そうですね、考えそうなことです」

柿田は心の中で否定する。――違うんです。犯人はブギーマン。やつは研究者本人を葬るだけでなく、念のため、ブギーマンに関連しそうな資料を焼却したのです。

あくまでも心の中で、だが。

部長がいう。

「間違えて燃やしてしまった。だから、それを悔いて死を選んだというセンも?」

「それはちょっと。覚え書きのようなものですから、読んでいない私には復元できませんが、永利さん本人なら多少は復元できたはずです。私の知らない何かで思い詰めていて、それで……、というほうがやはりしっくりときます」

柿田が訊く。

「金庫ですが、これはふだん開いていますか?」

「いいえ。というより、この金庫は昨日買ったばかりです」

「え、そうなんですか」

「昨日私が買ったんです。いま思えば心理的な異変のあらわれだったかもしれませんが、最近永利さんは急に、金庫が欲しいんだ、そこに資料を入れたいんだといいだしたんです」

柿田にはおのずと仮説が立つ。とうとうブギーマンの真実に到達してしまったのでは、焦ったブギーマンが資料を処分しにくるのでは、そんな直感が永利を動かしたのかもしれない。

「昨日、お客さんが二人いたんですけどね、その二人がこの部屋にいるときに包装を剝がし、はじめて使いはじめました。六桁の数字錠ですが、パスワードは私がその場で設定しました」

「それだと、その場の二人にも番号が筒抜けでは？」

「そうですけど、あとでべつのパスワードに変更できるんです。とりあえず使ってみたというノリです。試しに用いると書く、試用ですね」

「試用とはいえ、永利さんはパスワード漏れをいやがりませんでした？」

「私がパスワードを隠さなかったこと、永利さんは知りませんでした。パスワードを設定して書類を入れたとき、永利さんは外出していたんです。だからお客さんはパスワードを知っているのに肝心の永利さんが知らないというあべこべなことになっていましたね――」

ここで浅石は急に声のトーンを変えて、

「――あら……。じゃ、永利さんはどうやって金庫を開けたのかしら……」

柿田と部長は互いの顔を見た。

柿田は浅石のほうに顔を向けなおして、

「待ってください。あなたは、そのあとも永利さんにパスワードを教えなかったのですか？」

「教えていません。今日教えようと思っていましたから。永利さんに金庫を開けてもらったあとでパスワードを変更しようかなと漠然と考えていたんです。だから、これってつまり……。私、怖いです……。パスワードを知ったお客さん二人のどちらかが悪さをして……？」

「浅石さんと二人の客。この三人のほかにパスワードを知っている人は？」

「私が設定したパスワードなので店員さんやメーカーさんも知りません。ああでも、もう一人の助手は知っています。私と同じく永利さんの助手で、伊勢井さんという男の人です。昨夜私は家に帰ったあと、伊勢井さんにも画面越しに話して教えました」

「画面越し？」

「伊勢井さんは半年前からイギリスに滞在しているんです。だから端末を使ってビデオ通話するんです」

「ほかにパスワードを知っている人は？」

「いません」

「妙なことを確認させてください。昨日、客二人の前でパスワードを設定するとき、あるいは、イギリス滞在中の助手さんにパスワードを伝えるとき、あなたはその数字を口に出しましたか？」

浅石はきょとんとしたが、すぐに深く頷いた。

「どちらの場合も、口に出しました」

柿田は浅石の背後にあるクローゼットをそっと見やる。あのクローゼットでもいいし、浅石の部屋のどこかでもいいし、イギリス滞在中の助手の部屋のどこかでもいい。そうした場所にブギーマンが侵入して盗み聞きしたなら、パスワードはやつの知るところとなった。やつが今日殺人をするつもりなら、その前夜にベッドの下やクローゼットの中から関係者の様子をいくらか監視したというのもへんな話ではない。

彼女なりに質問の意図を想像で補ったのだろうか、浅石がいう。

「でも一〇二号室には私たち三人しかいませんでした。窓も閉まっていましたし、外の人には聞こえません。家で伊勢井さんにいうときも自宅の戸締まりをしたあとでしたから、ほかの誰かに聞かれたはずはありません。べつに厳重にしようとしたわけではないですけど、結果的に厳重な状況でしたよ」

戸締まりはブギーマンには無意味だ。浅石は〈パスワードを知ったお客さん二人のどちらかが悪さをして……?〉といったが、ブギーマン前提の論理においては、以上の話だけでは被疑者を客二人に絞ることはできない。

しばらく黙っていた部長が顎を撫《な》でながら、

「なんにせよ、ここは日本だ。イギリスにいる人には犯行不可能だな。でもだな、客二人のどちらかが犯人として――そいつ、楽観的すぎる。金庫を開けたせいで容疑者が二人になってしまった。自分以外の被疑者にアリバイとかあったら、もう終わりだぞ。さっきの話だと、そうがんばって焼くべき書類とも思えんが」

「私はお客さん二人の前で〈今夜、永利さんにも伝えるんですけど〉といってパスワードを設定したんです。実際にはお客さん二人が帰ったあと、永利さんが研究の話に集中したので、金庫の話は翌日にしようと私が予定変更したのですが。こういうわけですから、お客さん二人はいまもなお、永利さんがパスワードを知らないと思っていません。伊勢井さんもそうです」

「つまりあれか、犯人には〈永利が自分で開けたように見えるだろう〉という目論見《もくろみ》があったかもしれないってことか」

念のためという動機から資料を焼いた犯人の目論見には、おそらくこれが背景にあった。パスワードを伝えず仕舞いになっているとは普通考えない。パスワード漏れと異なり、どこか一瞬を覗くことでわかることでもない。ブギーマンの手落ちになったことは充分ありうる。

浅石はぶるりと震えたあと、

「犯人だの目論見だのとおっしゃいますけど……、この一〇二号室はさっき、密室でしたよね？でも、永利さんに金庫は開けられないはずですし。一体、何がどうなって……」

「もう少し調べてみるよ。殺人と決まったわけではない。密室のミステリーが解決されない限り、現実的な解決に落ち着かざるをえないし、実際問題、難しく考えているだけで、結局はそれが真相なのかもしれん」

「どういうことです？」

部長は珍しくもじもじした。わざとらしい咳払《せきばら》いをしたあと、

「お前さんはパスワードを伝えず仕舞いだったというが、じつはぽろりと教えていた。こうは考えられないかね」

「考えられません。絶対に教えていませんから」

「その〈絶対〉よりもだね、玄関のドアにかけられていたチェーンのほうが〈絶対〉だと署のやつらは考えるんだよ。でも、おれとしても自殺説に大きな不安がある。これでひきあげるつもりはない」

浅石はポケットから名刺入れを出し、二枚の名刺を部長に渡した。

「昨日のお客さん二人はこのかたがたです」

部長はイギリス滞在中という助手の宿泊先も尋ね、メモした。そのあと早速、名刺の二人に連絡

を取った。小篠という県立博物館スタッフと成本というフリージャーナリストだ。二人とも現時点で市内にいるという。昼までに一〇二号室に来てもらうことになった。

さらに部長は交番にも連絡し、一人増援を要請した。

部長が無線を切ると、浅石が、

「まるで、ブギーマンに襲われたみたいです」

と、ひとりごとのような口ぶりでいった。心霊動画を見ているときのような、緊張した表情だ。


部長は無視した。柿田は真剣に訊く。

「あなたはブギーマンの実在を信じているのでしょうか？」

「私はまったく信じていません。せいぜい雪男みたいなものですね。あ、雪男の実在を信じる人はいそうですが……。ただ永利さんは実在説の検証にかなり力を入れていましたから、ひょっとすると、私と違ってブギーマンの実在を信じていたかもしれません。でも――」

浅石の言葉がとまった。

「でも？」

「――仮にブギーマンが実在するなら、永利さんはブギーマンに恨《うら》まれていたでしょうね。ブギーマンの墓として伝承されるお墓をいくつかこじあけたり、雑誌に〈期待外れの墓〉などと無神経なことを書いたりしていました」

言葉こそ多少荒い場合もあるが、ブギーマンの多くは実際的には温厚で、保守的で、どちらかというと小心でさえあった。空間を超的に扱うからか、身分・私財・貨幣といったものが今日まで集落に根付いていない。それらを基本とする人間の市街とはほとんどかかわらない。人里離れたところから人里離れたところにブギーマン移動し、大自然を楽しみ生きる。

だが歴史をふりかえると、稀《まれ》に〈物好き〉が市街にお邪魔した。が、その場合でさえ、大抵の場合お騒がせするだけで済む。人間社会にはそのお騒がせがブギーマン伝承として残り、尾鰭《おひれ》がつく形で子供を殺すイメージがついた。このイメージづけの背景には〈いい子にしないとブギーマンが来るぞ〉という躾《しつけ》の小道具として利用された面もある、と柿田は考えている。

ブギーマン移動ができるなら犯罪のし放題ではないかと人間なら考えるところだが、実際にそうならないのはブギーマンのこうした習慣によるといえる。

今回の殺人犯にしても例外ではなさそうだ。行動の根底にあるのは野心ではなく怯《おび》えだ。自分のせいでブギーマン社会の平和が大なり小なり失われるのではないかという怯えから永利を殺害した。

ところで、殺人犯のブギーマンが浅石である可能性も柿田には否定できない。いうまでもなくブギーマンは男とは限らない。

4

市内にいる客二人より先に、イギリスにいるという伊勢井の顔を拝めることとなった。質問したいならビデオ通話がありますが、と浅石がいったからだ。浅石の携帯端末が使われた。この通信方法に慣れているそうだ。接続後、しばらく事情説明の時間があった。伊勢井は色黒の中年男。顎におしゃれなひげをはやしていた。

「浅石さん、お通夜は今日ですか？　それまでに帰国できればいいんですけど……」

と、やがて伊勢井がいった。時差の関係で、向こうは深夜のはず。伊勢井はベッドに腰かけている。柿田、部長、浅石は金庫の部屋からこれを見ていた。

部長が画面に向かって、

「お通夜は今日は無理だ。念のために解剖することになった」

伊勢井との通信をはじめる前に、部長は遺族と連絡を取っている。解剖のことも話があった。なお、遺族はこのアパートではなく、死体のある病院のほうに向かっているはずだ。

「そうですか。いや、信じられませんよ。まさか自殺なんて」

伊勢井がいう。通信のタイムラグはあるが、充分会話できる程度にすぎない。

「いまから部屋の様子を画面越しにチェックしていただいてもよろしいでしょうか」

柿田が提案した。伊勢井は快諾した。

柿田は浅石に頼み、カメラをインからアウトに切り替えてもらった。端末を借り、金庫の部屋のあちこちにカメラを向けながら、

「何か気づくことはありますか？」

と、端末に声をかけた。

端末を浅石にかえす。浅石はカメラをインに戻し、みなはまたさっきのポジションになった。画面の中で伊勢井がいう。

「自分からはとくに何も」

部長はあからさまに肩を落とした。

「昨夜、浅石さんとビデオ通話をしたのもそのお部屋ですか？」

柿田が訊くと、伊勢井は首肯した。

「そうです」

「周りに誰かいましたか？」

「誰も。パスワードの漏れを気にしているんですよね？　戸締まりもばっちりです。ここは四階ですし。絶対に漏れていません」

部長が小さな声で、

「この人、イギリスだぞ」

と、柿田にささやく。浅石にも聞こえたようで、彼女が反応した。

「あのとき伊勢井さんの部屋に誰かいて、その人がぎりぎり、今朝までに飛行機で日本に着きここに来られたかもしれませんよね。パスワードだけこっちの誰かに伝えたという可能性もあったのではないでしょうか。でも、漏れていないようですが」

今度は柿田が小声で、部長にいう。

「部長、自分はちょっと気になることがあって。トイレ、見てきます」

部長は何もいわず頷いた。柿田が部屋を出るとき、浅石と伊勢井はイギリスでの調査予定の変更について話しだした。

柿田はトイレに入り、カギをかけた。ぎゅっと瞼を閉じて、ブギーマン移動に取り組んだ。三次元マップをうんと俯瞰《ふかん》すると、世界地図になった。西へ西へ動かして、ヨーロッパ。ホテルの住所はすでに聞いているし、細かい位置もあらかじめ自分の端末で調べておいた。マップを徐々に拡大して、あちこち動かしたあと――、

バウウウウウグイイイイイ。


――ホテルの部屋に身体を飛ばした。ベッドの下だ。

「――たしかに研究は続けます。しかし葬儀にはできれば出たいんです」

などと、伊勢井の力説する声がする。

柿田はいま、ブギーマン移動の常として全裸だ。

横に足が見える。ベッドに腰かけている伊勢井の足だ。ビデオ通話の画角に柿田が入る心配はないが、伊勢井に気づかれないよう気をつけねばならない。ただ、ドアや窓のそばに堂々と立つわけではないから、いざという場合、伊勢井がベッドの下をよく確認しようと手間取るあいだにブギーマン移動をできるだろう。逆にいえば、最低限の安全を失わないため、ベッドの下から出るわけにはいかない。たとえ伊勢井が部屋の外に出たとしても、いつ戻ってくるかわからない状況であるなら、よほどの深刻な事情がない限りベッドの下から出ようとは思えない。それが普通の心理というものだ。

伊勢井がいる側とはべつの側に頭だけ出すと、そこには大きなトランクが開かれて置かれていた。書類がわんさとあった。ざっと視線を這わすが、伊勢井がブギーマンかどうかがわかるような書類はない。油断して何かその手のものを放置しているのをわずかながら期待したのだが。収穫として

は、少なくとも現時点で伊勢井がちゃんとイギリスにいるとわが目で確認できたことぐらいか。むろん、ブギーマン犯行において居場所という情報がどれほどの価値を持つかは疑わしい。

バウウウウウグイイイイイ。

行きと逆の手順で、柿田は一〇二号室のトイレにブギーマン移動をした。服を着たあと、金庫の部屋の二人に合流した。

「どうだ？」

「収穫なしです」

部長はトイレで何か調べたと思っているだろうが、実際はイギリスだ。けれども〈収穫なし〉の言葉に変わりはない。

画面越しに浅石と伊勢井が話を続けている。

しばらくし、新たな警察官が部屋に現れた。先ほど部長が呼んだ、吉武という名の男だ。柿田の先輩にあたる巡査。部長は浅石を手で示しながら、吉武に命令した。

「パトカーの中で待機してくれ。こちらの浅石さんといっしょにだ」

浅石はビデオ通話を切ったあと、吉武に連れられて一〇二号室を出た。

5

「このたびは心よりお悔やみもうしあげます。しかし……」

博物館スタッフの小篠がうやうやしい態度で切りだしたあと、いいよどんだ。一〇二号室の開放された玄関先で、柿田と部長に対して。

傍らにはジャーナリスト成本もいる。時刻は午前十一時をわずかに回っている。すでにいくらか会話が済んだあとだ。密室のこと、灰のこと、パスワードを知る人が限定されていることなどは小篠にも成本にも伝えられている。

「しかし？」

部長が訊く。

「話をお伺《うかが》いした限り、現場は完全に密室だったんですよね。私たちはなぜ呼ばれたのですか？殺人なら容疑者リスト作りのためだとわかりますが……」

小篠がそういうと、成本は深く頷いた。

部長はフンと鼻を鳴らした。

小篠にも成本にも社会人数年目の感がある。柿田と同年齢か、少し上と見られた。小篠は細身で、グレイのスーツで、鼻の頭にホクロがある男。ジャケット姿の成本という男は肥満とまではいかないが、小篠よりふっくらしている。

永利との関係について、各々は先ほど次のように説明してくれた。

小篠はこう。

「うちの博物館は数年前から永利さんの研究に出資しており、渉外部の私が担当をやっています。昨夜もそうでしたが、ときどき状況をじかに確認させてもらっていました。条件に見合った戦利品があった場合はうちに寄贈してもらうことになっていますのでね。え、この部屋に入った回数？　数えきれません」

成本はこうだ。

「歴史テーマの季刊誌に永利さんの記事を載せたいんです。三か月前、学会論文集の在野枠に永利さんのものがあり、夢中になって読みましたよ。季刊誌サイドから何かいい取材対象はないかと訊かれたとき、すぐにそれを思いだしました。永利さんご本人にはじめて会ったのは二週間前。昨夜を含めてこの部屋に入ったのは三回だけ。昨夜はインタビュー取材でした」

さて、鼻を鳴らしたあとで部長は、

「自殺にしてはひっかかる。協力してほしい。浅石さんとはべつの助手にもわざわざビデオ通話で話を聞かせてもらった」

居丈高に告げた。すると成本が口を尖らせて、

「ビデオ通話でよかったんですか？　なら、来る必要はなかったのでは……」

「そいつはイギリスだ。お前さんがたは市内にいた。事情が違う。昨夜十九時にここを発《た》ったあと、

どうやって過ごしていたか、話してくれるかい？」

まず小篠がいう。

「話すも何も。二十時ごろ家に帰ったあと、日が変わる時間ぐらいまで本を読んでいました。朝は七時のアラームで起き、出勤時刻の八時にはもう職場のデスクに座って同僚と話をしていました。会議室でのミーティングの最中、警察に呼ばれ、いまここにいます。と、こういう話でいいんですか？」

部長は頷いた。次に、成本が首の後ろをかきながら、

「ぼくも似ています。昨夜は同じく二十時ごろに帰宅。昨日の取材内容を整理して、ビール飲みながら映画を観《み》て、深夜一時ごろに就寝。七時ごろ起きて、八時からは、その時刻に頼まれていた取材をスタート。市内です。取材中、警察に呼ばれました」

二人の住まいはいずれもここから徒歩三十分圏内だとわかっている。浅石の住まいも同程度の距離だ。小篠の県立博物館は市内に所在する。

どうせブギーマン移動があればどこからでも一〇二号室に入れる。どこか僻地《へきち》に旅行に行くなどしておいたほうが疑われにくい。しかし、もしもこの二人のうちどちらかが犯人であれば――実際に犯人かどうかは知らないが――それがやりにくい事情にあるといえた。二人とも今朝八時には人と会う用事があったのだ。死亡推定時刻は七時だから、なんにせよ一時間後に市内で目撃されることになる。僻地に旅行というわけにはいかない。

たしかに犯行日や犯行時刻を選んだのは犯人だ。べつの日時に決行することもできた、今日決行するにしても何か工夫すれば〈ブギーマン移動なしには不可能な時間関係〉を作れた、そういう可

能性はある。だが、犯人は口封じのために早く殺したかったようだし、だいたい〈ブギーマン移動なしには不可能な時間関係〉は〈あればいい〉ぐらいのものにすぎず、必要かどうかというと必要ない。〈ブギーマン移動なしには不可能な空間関係〉すなわち密室があるからだ。〈永利が金庫のパスワードを知らなかった〉というアクシデントがなければ、部長ももう自殺で済ませていることだろう。

警察官二人は小篠と成本を連れ、一〇二号室に入り、金庫の部屋まで進んだ。

「全体的に見て、何か気づくことはあるかね」

部長が訊くと、小篠と成本はきょろきょろとした。

「何も」

と、小篠がいう。成本はなぜかホワイトボードのほうに少し視線をとどめたあと、部長のほうに顔を向けて、

「おれも、とくには」

といった。成本の様子には、意識してホワイトボードのほうを見たというより、話題に関係するから無意識のうちに視線を送ったという感じがあった。柿田はホワイトボードを注意深く観察した。思えば、このときまでホワイトボードにはあまり注目してこなかった。

発見があった。と同時に、成本の視線の意味がわかった。先ほどは見落としたが、ホワイトボードの裏にスライド式のドアがあるのだ！

部長が〈全体的に見て〉といったからあちらの部屋が全体に含まれるのだろうかという考えが成本の脳裏をよぎり、視線の向きに影響を与えたのだろう。

「部長」

といって、柿田はスライド式のドアを指さす。

部長はのけぞった。

「隠し部屋か」

成本が呆《あき》れた口ぶりで、

「隠し部屋じゃないですよ。ホワイトボードを使うときにドアの前に置くだけじゃありませんか。出入りしたいときはホワイトボードをどければいいだけですし、なんなら、べつにホワイトボードをこのままにしたって、窮屈ですが出入りはできるんです」

「昨夜はホワイトボードが横にどけられていて、このドアは開放されていました」

と、小篠もいう。

部長はホワイトボードをそのままにしてドアをスライドさせて〈隠し部屋〉に足を踏みいれた。部長のあとに成本と小篠が続く。柿田も入ろうとするが、前が詰まっていて入れない。しかし彼らの後ろからそのスペースの様子は充分観察できた。それは四畳半ほどのスペースだ。窓はない。ドアといえば、いまくぐったスライド式のドアのみだ。壁際に衣装ケースが積まれており、それだけの部屋だ。

「こっちも変わりないですね」

と、小篠がいう。成本もいう。

「ええ。昨夜と同じです」

三人は金庫の部屋に戻ってきた。

部長が八つ当たりのようなため息をついた。

「窓のない部屋が増えても意味がない。まったく。密室だよ、密室！　真っ先に密室をどうかせんことには駄目だ。署の力で最先端の科学捜査でもやったら、もしかしたら永利殺しの犯人の顔は浮かぶかもしれない。しかし密室と遺書がセットになっている限り、忙しい署は自殺で済ませたがる。密室さえぶち壊したら、一挙に状況が変わる可能性はある。おれは署のやつほど捜査に慣れていないがね、これはなんとなく、そういう現場のような気がするんだ……」

ブギーマンの密室だからあなたには解けませんよ、と教えてあげたい気持ちが柿田の胸にこみあげる。しかし、部長と秘密共有の仲になりたくはない。

部長は廊下に出た。あとに小篠、成本が続き、三人の背を柿田が追った。部長はしばらくチェーンの切断面や強度をチェックしたあと、首を横に振った。

「ちゃんとしたチェーンだ……。やはり自殺か、そうかもな」

四人揃《そろ》って、一〇二号室の外に出た。

「どうする？」

部長が柿田に訊いた。柿田は返事に窮した。

これを逃すまいといった勢いで、小篠が食いついた。

「申し訳ございませんが、私、今日も仕事が次々にあるんです。ご協力しないわけではありません。しかし緊急を要するお話がとくにないなら、このあたりでもう勘弁していただけませんか」

小篠の勢いに部長が、まあ、と漏らす。小篠はスミマセン、スミマセンと頭をさげながら、アパートの外に去っていった。

警察官二人は成本の顔を見た。成本は苦笑いして、

「私はこのあと暇です。今朝の取材は一応終わりましたから」

「だが、さすがにもう……、ひきあげか。何かあるか、柿田」

といいながら、部長は手袋を外した。

困った柿田が何かいう前に、パトカーで待機していた吉武がアパート入り口から浅石とともにやってきた。浅石は端末を胸に抱えていて、そこには伊勢井とホテルの部屋が映っている。またビデオ通話を接続したと見える。

吉武が部長に向かって、

「様子を見に来ました。イギリスの人も気になっているようです」

成本が浅石に頭をさげて、

「このたびは……」

「いえ……。私にも信じられません」

「ずっと、パトカーにいたんですね」

浅石は、ええ、といって頷く。吉武は部長に向かって、

「ずっとでしたよ。先ほどまで私と浅石さんはパトカーの席に牡蠣《かき》のようにくっついていました。私は浅石さんからいっさい目を離していません」

と、告げた。仲間外れにしていないで捜査の様子を教えろという言外の主張を感じたのは柿田だ

けだろうか。部長は、ご苦労、とだけいった。

柿田は先ほど発見したホワイトボード裏の部屋について吉武に話した。その様子を受け、画面の中の伊勢井がイギリスから反応した。

「えっ、あのとき、あの部屋をまだ調べていなかったんですか?」

部長はむっとして、

「さっき調べたのでご安心を。たしかに、完全に現場をひきあげたあとにこれに気づいたなら問題かもしれません。でも金庫の部屋こそ離れたものの、完全に現場を離れる前でしたよ。手順として大差のないことです」

横で成本がにやにやと笑う。

「そんなもんですかね」

部長は口をへの字にした。

確認のため、柿田は浅石に訊く。

「一〇二号室というのは――金庫の部屋。ホワイトボード裏の部屋。トイレ。寝室。浴室。DK。あと強いてつけたすなら、玄関。玄関に入ったあとの短い廊下。窓の外の小さなベランダ。以上ですね?」

「以上です」

浅石が請けあった。

画面の中の伊勢井がいう。

「密室は密室のまま。密室のままだから自殺のまま。この点はやはり変わりませんか?」

への字口の部長は答えない。柿田が答える。

「まだわかりませんが、いまはまだ変わっていません」

「そうですか。そのことだけ最後に確認したかったんです。あの永利さんが自殺……、信じられませんが、人間、わからないものですね。まったく、目の前真っ暗です……。では、ぼくはこれで失礼します。必要なときにはまたいつでもコールしてください。時差は気にしないでください」

柿田は礼を述べた。通信は切れた。

吉武が口を開いた。

「ねえ、部長。もしかすると、犯人はずっとその〈隠し部屋〉に隠れていたんじゃないですか？」

部長は吉武の顔を見て、

「おらんかったぞ」

「ですから、さっき部長たちが見る前に逃げだしたのでは？」

「どこから？　おれたち、ずっと一〇二号室の前とか玄関とかでうろうろしていたんだぞ。見逃すわけがない。な、柿田」

柿田は頷いた。ただ内心では、ブギーマン相手に出入りを検討することの徒労感に襲われつつあった。

吉武が食いさがる。

「窓はどうです？　部長たちが今朝死体を発見したあとだって、金庫の部屋に誰もいない時間はいくらでもあったのではないでしょうか。犯人はその隙に窓から逃げたのでは？　窓の外、誰も監視していませんし」

基本的に金庫の部屋への出入りはすべて把握されており、誰かが金庫の部屋にいたときはつねに柿田と部長がそばにいた。柿田の場合、トイレからのイギリス出張のときのみ例外だが。しかしたしかに〈基本的に〉の例外として――いうまでもなく、部長がブギーマン移動を把握していないなどというブギーマン移動の事情に加えて――部長と柿田が金庫の部屋にいないときにホワイトボード裏から誰かが出てくる可能性は考慮されていない。

部長は目を丸くした。

「でも大丈夫のはずだが」

「何がです？」

部長は、えっと、といって間《ま》を作ったのち、

「だって、そうだろう。ホワイトボード裏の部屋に隠れていた犯人がお前のいうプラン――吉武プランで外に逃げたなら、窓のカギは開きっぱなしになる。殺しのあとすぐ逃げようと、ホワイトボード裏の部屋に隠れたあとに逃げようと、結局おんなじだ。密室だ」

「では、やはり殺しは不可能と」

「少なくとも吉武プランが現実的とは思えん」

と、部長は断固としていう。しかし吉武が底意地の悪そうな笑みを浮かべて、

「いまって、本当に窓のカギ、かかってます？　現場検証のときにカギを開けたままにしていませんか。もしそうなら、犯人はカギを開けたままにして逃げられますよ」

というと、部長の喉仏が大きく動いた。

「何？」

泳ぐ目、震えだす唇。沈黙の時間がたっぷりとあり、ようやく言葉が漏れる。

「おい柿田、おれはカギをかけたよな？」

柿田は思う。ブギーマンによる正真正銘の真密室ですよ。密室トリックを議論してなんになりますか——と。だが口にはしない。

犯人がブギーマン移動できる以上、密室構成ばかりか、クローゼットの中などからパスワードを盗み聞きすることだって容易だ。この点、パスワードを知る人たちだけに容疑を絞る意味もない。

さて、とはいうものの、思いだそうとしてみると窓のカギの件——記憶が定かではない。記憶の糸を切れないように辿りだし、柿田はかろうじて気づいた。


部長は窓を開けた。ベランダの様子にもう一度目を向けて、

「ベランダに異変はない。ベランダに出る窓にはカギがかかっていた。ほかの部屋の窓から出入りはできない。玄関はカギをされ、チェーンもされていた。遺書もある。殺人ではないようだな」

柿田は窓に背を向け、唇を嚙み、廊下の死体のほうに目を向けた。後ろで、部長が窓を閉める音がした。

部長がカギをかけたかどうか、そもそも柿田は見ていないのである。

部長が不安そうに、

「どうした、柿田。おい」

真っ先に動きだしたのは吉武だ。彼は真顔になり、無言で一〇二号室の中に入った。柿田と部長もあとに続く。浅石と成本もみずからすすんでついてきた。金庫の部屋に入る五人。窓のクレセント錠はまるで美術館の展示品がごとく、部屋のものどもの視線を一身に浴びた。――窓のカギはしっかりとかかっている。

部長は胸を撫でおろしたあと、吉武の腹を殴る真似をした。

「ほら密室だ。驚かせるんじゃない」

「こちらのセリフです。しかし万が一のこともありますからね」

吉武は真顔のままでいう。部長はクレセント錠を指ではさみ、

「かかっとる。ほうら、かかっとる」

といって、吉武をからかった。吉武は眉をひそめて、

「部長の指紋、べったりですよ」

部長は、しまったという顔をして、諸手《もろて》をあげた。先ほど手袋を外したのだった。クレセント錠に指紋が残ったことは肉眼でもすぐわかった。材質や湿気の関係だろうが、このクレセント錠には指紋がわかりやすく残るようだ。逆にいうと、いま、部長の指紋以外に指紋はついていないとわかった。意外なことではない。

「もう調べたあとだ。問題ない」

部長はそういうものの、ばつが悪そうに、すぐ手袋を装着した。

柿田はふと、窓のそばに落ちているティッシュを見た。現場発見時から窓際にはゴミ箱が倒れており、その近くには丸められたティッシュが複数あった。

いま目に入ったティッシュについて、柿田はなんとなくもやもやしたものを感じた。柿田はそれを指さして、部長の耳もとで訊く。

「部長。あのティッシュ、部長が捨てたものではないですよね」

部長は柿田の指の先を目で追ったあと、

「当たり前だ。おれが捨てたものではないし、おれがこの部屋にいるときに誰かが捨てたものでもない」

柿田は膝《ひざ》をつき、じっくりと観察する。よく見ると、そのティッシュはペンチの上に重なっている。玄関のドアのチェーンを切断するのに使われて、そのあとここに放置されていた、あのペンチだ。床があり、ペンチがあり、その上にこのティッシュだ。

部屋の床に落ちている、丸められたティッシュのゴミの数を数えた。ペンチの上の一つを含めて十三だ。——あっ……。

何かに気づけたような思いが、柿田の脳裏に飛来する。けれども具体的な形にまとめられず、もどかしい思いになるだけだった。

今日の捜査にピリオドが打たれた。本来非番の柿田はすぐ帰宅となった。

6

柿田は家に帰るなり、呼びかけた。

「お父さん、いますか」

「いるぞ」

リビングに彼はいた。柿田とは異なる、純血のブギーマンだ。

柿田の母は病気で亡くなった。しかし父はこのように健在だ。父と息子の二人暮らし。今朝も家の中にいたはずだが、寝室がべつなのでボイスチェンジャーが使われた会話の一幕に登場しなかっただけである。また、昨日まで一週間ほど地中海《ちちゆうかい》の島にいたそうだ。侵入者がボイスチェンジャーを持ちこんだのがその期間だった場合、父との接触はなかった。

父は体長一メートルほどだ。全身毛むくじゃらで、全裸。毛が薄いところに、大きく血走った目がぎょろりと二つついている。本来ブギーマンはみなこうだ。ただし柿田を見ればわかるように、ブギーマンと人間のハーフは人間の外見と変わらない。

父は柿田と違い、人間社会と決定的な距離をおく。病弱でほとんど寝たきりだった柿田の母とのあいだにかつてかなり特殊なドラマがあり、柿田正義誕生の展開とあいなったが、父はまず人前に出ないし、柿田のように社会の一部になっているわけでもない。

柿田は父に訊く。

「お父さん。この国に暮らす、人間とブギーマンのハーフをどのぐらい知っていますか?」

「お前しか知らん。どうした?」

「永利俊二郎という民俗学研究者の名を聞いたことはありますか?」

「ない。お友だちか?」

柿田は今日見聞きしたことを父に伝えた。ブギーマンの来訪、浅石の通報、永利の死体、一〇二号室の密室、捜査の経過など。時系列も大切にしつつ事細かに。

「お前以外にもこの国にハーフがいたのか。しかもその二人の運命がこんな形で交わるとはね。しかし、いけ好かないブギーマンだ。お前、どうするつもりだ?」

「真正面から忠告してやろうと思います。〈お前がブギーマンだと見抜いてやったぞ。舐《な》めるな〉と」

「それで満足か?」

「満足ではありません。しかし、まずはよしとせねばなりません。実際問題、この忠告は防犯になります。黙認すると、犯人は今回と同じ動機からまたいずれべつの人間を殺すかもしれないのです」

「まあな。で、いまから犯人のところに?」

「誰が犯人か、まだわかっていません。話はさっきのですべてです」

「くたばれ」

「あいかわらず口が悪いですね。あなたはまさしく、温厚なブギーマン社会にとどまっていられぬ偉大な変人ですよ。そのとげとげしいうわべの下に温厚さが隠れているのは承知していますがね。どうです、お父さん。世界の神秘、ブギーマンの先人としてこの事件に何か助言をしていただけないでしょうか」

「犯人がわかってから話せ。世界の常識だ。わしはいま、南半球の高山の空気を吸いにいこうとしていたところなんだ。野鳥のアカペラも楽しめるんだぞ」

父は目を瞑った。その姿がぱっと消えた。ブギーマン移動をしたのだ。シャワーを済ませた柿田は寝間着に着替え、ベッドに入った。

【読者への挑戦状】

ベッドの中で柿田は今日のことをあらためてふりかえる。父に話すことで情報をよく整理することができた。今日現場で感じたもやもやが徐々に晴れるのを感じていた。あと少し、あと少しだ。ティッシュはなぜ――。

念仏のように、あと少し、あと少し、と頭の中で唱えていたが、

「あっ……」

柿田は飛び起きた。

あのティッシュが持つ重要な意味に、ようやく思い至ったのだ。柿田は寝室の中をぐるぐると歩きながら、この思いつきと事件の状況全般の関係についてよく整理した。やはり、新しい情報は何も必要ない。ただ整理すればいいだけだった！

「お父さん！　犯人がわかりましたよ」

声をはりあげて、あちこちの部屋を覗く。父は不在だった。――南半球の高山だっけ？　具体的な場所がわからないのでブギーマン移動で追うことはできない。

柿田はメモ帳を一枚破り、書き置きを作った。さっきの話を整理した父が自力で真相に到達し、あとで自分を馬鹿にするかもしれない。そうなると、いささか悔しい。が、真相到達を報告する書き置きでもあれば話はべつだ。この意図の書き置きだ。

そのあとで柿田は出かけることにした。忠告のために。

なお、書き置きはこうだ。

話を聞いてくれて、ありがとうございました。

さて、ここまでの話をしっかりと整理すれば、永利俊二郎を殺した人物が誰であるか、理路整然と指摘することができます。お父さん、あなたが南半球に行ったあとですぐにぼくはそのことに気づきました。あなたも同じだけの情報を得ていますので、これを読んだあと、ビールでも飲みながらごゆるりと考えてみてください。

ぼくの推理の前提において、犯人のブギーマンは単独犯です。犯人とぼくとあなたの三人以外にブギーマンは関与しません。

犯人以外は故意の嘘《うそ》をついていませんが、もし部長が犯人でないなら（部長が犯人かどうかはここでは控えます）、窓のカギにかんする部長の発言だけは事実より見栄を優先した嘘ではないかといいたくもなるでしょう。この件のみ唯一の例外といっておくほうが無難かもしれません。しかしその発言でさえ、

「おい柿田、おれはカギをかけたよな？」

というもので、故意の嘘ではなく疑問文にとどまっています。普通の意味ではやはり、犯人以外は故意の嘘をついていないのです。

ブギーマン移動ではものを運べないというが、ティッシュを口に入れてブギーマン移動したらどうなるんだっけ？　胃に流しこんでブギーマン移動したらどうなるんだっけ？　など、この手の話

も登場しません。ただし、ティッシュはどうやってもブギーマン移動で運べないと考えてください。ブギーマンだから戸籍取得にひと工夫要っただろうとか、どうやってその肩書きを得たのだろうとか、その手の考察も無用です。

しかし確認しておくと、犯人は、人間社会で築いた立場を失いたくないようです。あなたのように脱社会的な生きかたを選ぶつもりはないと考えてください。

今朝ぼくのところに犯人が挨拶にきた状況は気にしなくてかまいません。ボイスチェンジャーなど、あのときの証拠にもとづいた推理はありません。

MK

【解答編】

訪問は徒歩と決めた。相手がやったようにブギーマン移動で侵入してもよいが、全裸で忠告も決まりが悪い。――道中、天気が崩れた。洗濯物が気になった柿田はブギーマン移動でその取りこみだけ済ませることにした。通りがかった公園の公衆トイレに入り、個室から、

バウウウウウグイイイイイ。


自宅のリビングにブギーマン移動をした。

バスローブを羽織り、せっせと洗濯物を室内に取りこみ終えたとき、ちょうど父がブギーマン移動でリビングに出現した。

「早かったですね」

「野球中継のことを忘れていた。今日あたり噂《うわさ》の新人がお披露目されそうだ。甲子園《こうしえん》でボカスカかっ飛ばしたらしい。見逃せるか？」

テレビがつけられた。まだ一回表だ。大きな動きはないようだ。

父は目を閉じ、さっと姿を消した。ブギーマン移動だ。出てきたのは冷蔵庫の正面だった。冷蔵庫から缶ビールを取りだした。冷蔵庫の扉を閉めたあと、扉にマグネットで貼られた一枚の紙、つまり柿田の書き置きに気づき、それを剝がしとった。ブギーマン移動でものは運べないのでテレビ

の前まで歩き、でんと床に座った。缶ビールを開けると、噴きだしたビールが書き置きに垂れた。ビールを一口飲み、文面をじっと見ている毛むくじゃらの生き物。やがて柿田に向かって、

「気持ち悪いやつだなあ。死んでしまえ。だがその前に犯人を教えろ」

「まず金庫のパスワードについて話しましょう——」

と、柿田はいう。段階的にちゃんと話したい。

「——もし犯人がブギーマンでないなら、金庫が開いた以上、パスワードを知っていた四人に被疑者が絞れます。イギリス滞在者、ジャーナリスト、博物館スタッフ、浅石です。被害者はパスワードを知らなかった、という犯人に不利な証言をする浅石はもはやこの時点で被疑者リストから外してもいいのですが、念のために残しておきましょう。じつはべつの条件で外すことができるんです」

「実際には犯人はブギーマンだ。いまの被疑者リストになんの意味がある？　クローゼットの中に隠れていたら、誰でもパスワードを知ることができる。アパートの大家、一見愚鈍そうな部長、死体を細かく見た病院の女なども被疑者だ。わしが昨日までいた島国の長《おさ》だって、今日期待の新人プロ野球選手だって、もしブギーマンなら一〇二号室のクローゼットでパスワードを聞くことができる」

「おっしゃる通りですが、ひとまず〈犯人はどこかに隠れてパスワードを盗み聞きしたわけではなく、堂々とパスワードを知りえた四人の中にいる〉と仮定するんです。パスワードは会話で伝達されたという仮説です。そうですね、会話伝達仮説とでも呼びましょうか」

「倅《せがれ》よ、お前は本当に気持ちが悪いやつだ。会話伝達仮説だな、よし覚えたぞ。それで？」

父は顔も目もテレビに向けていた。

柿田は説明を続ける。

「次に注目すべきはペンチの上にあったティッシュです。この物証に至るまであれこれ考えてへとへとになってしまいましたが、落ち着いて考えるとこの物証は明らかに要チェックなんですよね。あのペンチはぼくが現場検証時に放置したものです。そのうえにティッシュがあるということは、ティッシュがあそこの場所を占有したのは現場検証時以降であるということになります。だいいち、最後に数えたときに十三個でしたから、ティッシュの数が増えています。もとは十二個でした。けれども部長とぼくの把握する限り、ティッシュを捨てた人はいませんでした」


丸められたティッシュをなんとなく目で数えてみると十二だった。一〇二号室の床にティッシュのゴミが十二——一〇二と十二——意外と記憶に残りそうだ。


基本的に金庫の部屋への出入りはすべて把握されており、誰かが金庫の部屋にいたときはつねに柿田と部長がそばにいた。柿田の場合、トイレからのイギリス出張のときのみ例外だが。しかしたしかに〈基本的に〉の例外として——いうまでもなく、部長がブギーマン移動を把握していないなどというブギーマン移動の事情に加えて——部長と柿田が金庫の部屋にいないときにホワイトボード裏から誰かが出てくる可能性は考慮されていない。

「部長。あのティッシュ、部長が捨てたものではないですよね」

部長は柿田の指の先を目で追ったあと、

「当たり前だ。おれが捨てたものではないし、おれがこの部屋にいるときに誰かが捨てたものでもない」

「部長自身が犯人で、自分が捨てたことを隠したおそれは？」

「部長はパスワードを知りませんから、犯人たりえません」

「部長がブギーマンなら盗み聞きできた」

「会話伝達仮説をお忘れなきよう！　パスワードが会話で伝達されたと仮定したんですから、盗み聞きのことは考えないでください」

「そうだったな。まあ、いい……。じゃ、誰が捨てた？　ブギーマンがブギーマン移動してきた、とか？」

「そうです」

「こら。ブギーマンが出入りしたのは殺害時だ。現場検証の前だ。ティッシュは現場検証のあとに捨てておかれたからこそ謎なんだろうに。お前は何をいっとる？」

「ブギーマンは捜査のまっただ中にもブギーマン移動によって金庫の部屋に侵入したんです。部長とぼくはこれを把握できなかったのです」

「クローゼットの中か？　いや、クローゼットは開きっぱなしだったな」

「金庫の部屋にある、窓の前です」

父は柿田の顔を見て、口をぽかんと開けた。じきにわめきだした。

「窓の前にブギーマン移動？　なんのために？　たしかにお前たち警察はたびたび金庫の部屋から離れた。だから隙はあった。しかし、のんびりと全裸で窓の前に立てるような状況ではない。いつ金庫の部屋に警察が入るか、わからない。下手すると見つかる。あまりにハイリスクだ。見つかってもいいと思っていたのか？　どうせどっか遠くの国にブギーマン移動して逃げて暮らせばそれでいいからと……。だが話を追う限り、やつはそういうタイプとは思えん」

ちなみに柿田が今日イギリスにブギーマン移動したときも、ベッドの下から出ることは激しくためらわれた。


逆にいえば、最低限の安全を失わないため、ベッドの下から出るわけにはいかない。たとえ伊勢井が部屋の外に出たとしても、いつ戻ってくるかわからない状況であるなら、よほどの深刻な事情がない限りベッドの下から出ようとは思えない。それが普通の心理というものだ。


「すべてを捨ててブギーマン移動で高飛びする気など犯人にはないと、ぼくも思います。書き置きにも残しましたが、犯人は社会的地位の崩壊を避けようとしていますす」

「だったら、ハイリスクな冒険の目的は？」

「あの状況でどうしてもブギーマン移動で現場に侵入せねばならない人物が一人だけいます。よほどの事情を持つ、その人物こそが犯人です。そういうロジックなんです」

「侵入しないと、どうなった」

「自分が捕まるかもしれなかったのです」

「お前に正体がバレる?」

「そういう意味ではありません。ぼく以外の警察が犯人を捕まえる、そうなるおそれが充分あったと、こういう意味です」

「変な話だな。ブギーマン移動を公にしない限り、密室の真相が見抜かれるわけはない。それとも何か? あれはじつはブギーマン移動を使っていない、手品みたいなインチキ密室だったのか?」

トリックによる密室をインチキ密室というと、世の中の探偵小説ファンは怒りだすだろうか?

「正真正銘の真密室です。あれはブギーマン移動で作られたものです」

「だったら……」

「窓のカギ。ホワイトボード裏の部屋。偉大なる吉武プラン」

「吉武プランって、お前の先輩が口にしたアレか? 犯人はホワイトボード裏の部屋に隠れていて、金庫の部屋から警察官が出ていったあとで、窓から逃げたという……。しかし犯人はブギーマンだ。吉武プランは実際の手口ではない。あと、警察の捜査でも反証されたろう。その手で逃げても結局、窓にカギをかけられない。だから密室の謎が残る、と。そりゃそうだ」

「しかしわざわざブギーマンが金庫の部屋に戻るというハイリスクな冒険をしたことを考えると、ある事情が見えます。ぼくはさっきベッドの上でそれに思い至り、飛び起きることになったのでした。現場検証後、部長は窓のカギを――ぼくが実際に見て覚えているわけではありませんが――開けたままにしてしまったのです」

父は缶ビールのラベルをじっと見つめ、考えを整理しだしたようだ。

柿田をちらりと一瞥《いちべつ》して、

「続けろ」

「ですから犯人は現場にブギーマン移動してきて――」

「――窓のカギをかけた、と。そういうことだな？　ティッシュはなんだ？　カギをかけたときクレセント錠についた指紋を拭きとりでもしたのか？」

顔こそテレビのほうを向いているが、父は話の先が気になっているようだ。

「まさしくそうです。いつ警察官がやってくるかわからない慌《あわ》ただしい状況ですが、一応の指紋対策だけはさっと済ませたのでした。あのクレセント錠は指紋がとても目立つものでしたからね。ティッシュ箱はデスクの上にあり、指紋除去は一瞬です。ブギーマン移動でずらかるときにティッシュをその場に残したところで、どうせ部長たちは煙《けむ》に巻けます。もともとゴミ箱が倒れてティッシュの散らかっている部屋なので違和感は大きくありません。ぼくがティッシュの数を数えたり覚えたりしたのも単なる偶然にすぎないですからね。

だいたいその時点では――自分が窓のカギをかけていないと、部長自身がはっきり記憶している可能性もありました。実際にはどうやらあやふやだったようですが。はっきり記憶していたなら、カギがかかっていたことは露骨な矛盾となり、謎となります。でもブギーマン移動を話題にしない限り、真相到達は不可能。現実的な解決として記憶違いあたりに落ち着かざるをえないのです。いくら死体に不審な痕跡があっても、密室の謎が謎のままである以上、自殺説から逃れられないのと同様です。

たしかにこの意味ではクレセント錠に指紋べったりでもかまわないのですが、その場合ティッシュを使ったときより何がマシかというと、何もマシではありません。不自然に出現した指紋の主として自分の名前が異彩を放ちまくりますから、そのあとやりづらくなると誰でも想像できます。窓の近くにブギーマン移動することはハイリスクですが、ティッシュで拭くこと自体はそうはいえません。ペンチの上に落ちたと気づかなかったのは些細《ささい》なミスだったのでしょうがね」

父は柿田のほうを向いて、

「本当は窓のカギが開いていた。うん。それだと危ないと気づいた犯人がカギをかけた。うん。わかった。——で、倅よ、何が危ないんだ？　——いや、やっぱりいい。わしにもたまには頭を使わせろ。ええと、だな。——そうか。吉武プランを反証できなくなっちまう！」

「ご明察！　窓のカギが開きっぱなしなら、偉大なる吉武プランの通りに密室を構成できてしまうのです。実際はそうでないにもかかわらず、です。せっかく正真正銘の真密室を作ったのに、部長の捜査ミスのせいでインチキ密室に格を落とされるおそれがありました」

「それをいやがったとすると、犯人は芸術家肌のようだな」

「ノー。犯人にとって重要なことは、真贋《しんがん》の芸術的価値の差ではありません。インチキ密室の場合、ブギーマン移動の話抜きで密室が解体可能になってしまいます。これが重要なんです。解体可能だと、警察が自殺説にこだわる必要は霧消します。現場に何か犯人特定の材料が転がっているかもしれません。密室のことならスーパーマンのブギーマンですが、殺しのほうは人間並みです——」

署の力で最先端の科学捜査でもやったら、もしかしたら永利殺しの犯人の顔は浮かぶかもしれない。しかし密室と遺書がセットになっている限り、忙しい署は自殺で済ませたがる。密室さえぶち壊したら、一挙に状況が変わる可能性はある。おれは署のやつほど捜査に慣れていないがね、これはなんとなく、そういう現場のような気がするんだ……。

「――吉武プランで密室が作られたという〈誤った証明〉で、自分が犯人だという〈正しい結論〉を主張されるおそれがあります。犯人はこれに焦燥し、恐怖したのです。この〈誤った証明〉を反証するためにはおよそブギーマン移動のことを公にするしかありませんが、それは根本的に避けられるものであるばかりか、果敢にやり遂げたところで結局今度は〈正しい証明〉で〈正しい結論〉を導くだけです。

この詰みのルートを逃れつつ〈誤った証明〉を反証する数少ない方法、いいえ、ひょっとしたら唯一の方法。それが〈一刻も早くブギーマン移動で侵入し、窓のカギをかけておくこと〉だったのです。ハイリスクに見合います」

「なんてこった」

「こうしてぼくたちはいま、重要な犯人モデルを手に入れました。〈以上の理由でどうしても吉武プランを潰しておきたい人物だった〉という犯人モデルです」

父は缶ビールを口にしたまま、天井を向き、底をとんとんと叩《たた》いた。ごくりと飲み干したあと、手で口を拭きながら、

「イギリス滞在者、ジャーナリスト、博物館スタッフ、浅石。この四人は四人とも犯人モデルに該

当するんじゃないか？　いや待てよ、イギリス滞在者……。そうだな、こいつははなからクソ細かいことを気にせんでいい」

「そうです。今朝イギリスにいたというアリバイがあります。いわば大陸という壁で阻まれた地球密室です。吉武プランで一〇二号室の密室が擬似的に解体されたところで焼け石に水。現場がそのへんの路地裏だったとしても彼は警察の被疑者リストに入っていないでしょうね。だからハイリスクに見合うわけがありません。イギリス滞在者は犯人じゃありません」

「残るは三人……」

「吉武プランの前提は、警察がホワイトボード裏の部屋の存在を見落としたということです」

「見落としが明らかになったのは——ジャーナリストらが金庫の部屋に入ったあとだから……。おいおい、ジャーナリストはそのあとずうっとお前たちとべったりだったじゃないか。ブギーマン移動する隙などない。こいつには無理だ。あっ、浅石もだ。お前の先輩といっしょにパトカーにいたから無理だ。でも、先に帰った博物館スタッフなら侵入できるな」

「ですから犯人は博物館スタッフです。ちなみに浅石を被疑者リストに入れたままにしておいたのは、どうせここで外せるからでした」

　父が冷蔵庫前にブギーマン移動をした。冷えた缶ビールを新しく取りだし、歩いてきた。テレビは野球のライブを続けている。父はまた元のように座って、缶ビールをひとくち飲んだ。柿田をぎろりと睨み、

「なんとかかんとか仮説は？」

「会話伝達仮説」

おっしゃる通りですが、ひとまず〈犯人はどこかに隠れてパスワードを盗み聞きしたわけではなく、堂々とパスワードを知りえた四人の中にいる〉と仮定するんです。パスワードは会話で伝達されたという仮説です。そうですね、会話伝達仮説とでも呼びましょうか。

「お前は一連のロジックのドアタマにそれを持ってきた。もしもブギーマンがクローゼットなどでパスワードを盗み聞きしていたら、全人類が被疑者だといったはずだ。いままでの話は無意味となる。この仮説をいのいちばんに慎重に検討すべきだったのでは？　家に酒があるか確認せず晩酌のためにつまみだけ調達しにいき、戻ってきて酒のストック切れに気づく愚者のごとしだぞ。晩酌の大前提となる酒のストックの確認をあとまわしにしてはならん」

「聞いてくださいよ、大酒飲みさん。もし会話伝達仮説が偽である場合――つまりブギーマンが盗み聞きによってパスワードを得た場合、たとえ部長たちが他殺だと決めつけたとしても、その人物を犯人扱いすることはできないのです。なぜならパスワード入手の方法が死体発見時の密室同様、永遠に謎となるからです」

「おお――」

父は声をはりあげた。アルコールを含んだ鼻息を鳴らし、

「――会話伝達仮説、フン、会話伝達仮説」

と、怒っているのか感心しているのか、わからない声を出した。

「つまり、会話伝達仮説が真だとした場合のイギリス滞在者と同じです。ブギーマン移動なしでは

説明できない状況があるのに、窓のカギをかけにくるというハイリスクな冒険はしません。会話伝達仮説が真である場合を先に処理することで、会話伝達仮説が偽である場合に起こる矛盾を楽に指摘することができるのでした。よって会話伝達仮説は真だとわかりますので、やはり博物館スタッフの小篠が犯人です」

「真だの偽だの矛盾だの、よくもまあ、ごちゃごちゃと。でも納得したぞ」

「警察がホワイトボード裏の部屋に気づいていなかったこと、窓のカギがかかっていないこと、現場でこれら二つを知った小篠はすぐ、のちに吉武プランと呼ばれる仮説の余地を意識し心配することになったのでしょう。犯人の立場なら着想して当然だと思います。それで慌てて離脱し、カギをかけるためにブギーマン移動したのでしょうね。さて、これからぼくは小篠の自宅に向かい、ガツンと忠告してきます」

「〈責任を取りたいならこの国で暮らすことをやめなさい。不愉快だ〉、わしからそいつへの伝言だ」

渋々といった様子で父が苦しそうにいった。この伝言がどう機能するだろうか、自分にできることはやはり高々こんなものにすぎないのだろうか、柿田はそんなことを考えた。

二人は無言になる。テレビが応援席を映す。応援歌がブギーマン親子の部屋に響く。

柿田は口を開く。

「小篠はこの国の生活を大切にしているので応じないかもしれませんが、その辛辣《しんらつ》な言葉を忘れられるようなタイプでもなさそうです」

「よし、行った行った行った。見ろよ、いよいよ例の新人の打席だ。さあ、かっ飛ばせよ！　お前のためにわしは南半球から舞い戻ったのだ!」

(了)

単行本あとがき

本書『動くはずのない死体　森川智喜短編集』は光文社「ジャーロ」誌に掲載された四編の短編に書き下ろし一編を加えた短編集です。それぞれの短編は内容的に独立しています。また、これまでに発表された森川智喜作品とも内容的に無関係です。ほかの拙作を気にせずに読んでいただけます。

以下ではネタバラシを避けつつ、単行本あとがきなどと題して拙い文章を記してみたいと思います。

本書収録の「幸せという小鳥たち、希望という鳴き声」は洋菓子メーカー社長・鵜川二咲のドレスと姉にまつわる事件。「フーダニット・リセプション　名探偵粍島桁郎、虫に食われる」は探偵小説家の弟がクラスメイトといっしょに破損箇所だらけの原稿を修復しようとするおはなしです。この作品は「ジャーロ」誌掲載ののち本格ミステリ作家クラブ編『本格王２０２２』（講談社文庫）にも収録されました。表題作「動くはずのない死体」は夫にナイフを投げて彼の胸に刺してしまった妻のおはなしです。「悪運が来たりて笛を吹く」は人を刺した今門為俊という男、悪運を授ける祠《ほこら》の聖霊、安藤刑事らのおはなしです。

以上四編が「ジャーロ」誌初出の作品です。掲載時からの修正は基本的に枝葉にとどめています。ただし各話の頭の引用文（映画『三人の妻への手紙』など）は雑誌掲載時にはありませんでした。

ちなみに「ジャーロ」誌に掲載されたときのコピー（編集者考案）は次のようなものでした。

晴れ舞台のドレスがずたずたに！　犯人はいつ控え室に入ったのか――（「幸せという小鳥たち、希望という鳴き声」）

〝推理小説の解決編〟を推理する⁉　前代未聞の作中作ミステリ！（「フーダニット・リセプション　名探偵耗島桁郎、虫に食われる」）

夫はちゃんと殺したはずなのに……。不可解な状況から一点、驚愕《きょうがく》の結末へ！（「動くはずのない死体」）

「アナタに悪運を授けます！」警察の手から逃れ続ける男の運命は――（「悪運が来たりて笛を吹く」）

残る「ロックトルーム・ブギーマン」は本書のための書き下ろし作品です。人間とブギーマンの子が警察官として働いていて体験したおはなしです。

作者というよりも自分自身一読者として、五種五様の五つの作品――五つの世界を収録した本であると思います。五編をどんな順番で読んでいただいてもとくに問題ないだろうと感じています。

光文社『そのナイフでは殺せない』のあとがきで自分は「とはいえ感覚としては、明確な意図を持ち作為的に物語を作ったというより、物語が物語として成長するさまを見守っていただけというところです。自分がこの物語を小説にしたのではなく、物語のほうが、自分をこの物語の作者にしてくれたという感覚。なんとなく、そんなふうにも表現できます」と述べさせてもらいました。今日、同様の思いが本書収録の五編にもあります。この思いはやがて変わるのかもしれません。ずっと変わらないのかもしれません。

本書出版の過程を、編集者をはじめとする多くのかたの仕事が支えてくださりました。あつく感謝もうしあげます。

そして読者のみなさん。このたびは本書を手に取ってくださり、ありがとうございました。

二〇二三年四月

この作品はフィクションであり、実在の人物・団体・事件とは一切関係ありません。

○森川智喜作品リスト○

〈名探偵三途川理〉シリーズ

『キャットフード』講談社文庫

『スノーホワイト』講談社文庫

『踊る人形』講談社文庫

『ワスレロモノ　名探偵三途川理 vs 思い出泥棒』講談社タイガ

『トランプソルジャーズ　名探偵三途川理 vs アンフェア女王』講談社タイガ

『バベルノトウ　名探偵三途川理 vs 赤毛そして天使』講談社タイガ

『一つ屋根の下の探偵たち』講談社文庫

『なぜなら雨が降ったから』講談社

『死者と言葉を交わすなかれ』講談社タイガ

『半導体探偵マキナの未定義な冒険』文藝春秋

『未来探偵アドのネジれた事件簿　タイムパラドクスイリ』新潮文庫ｎｅｘ

『トリモノート』新潮文庫ｎｅｘ

『レミニという夢』光文社

『そのナイフでは殺せない』光文社

『動くはずのない死体　森川智喜短編集』光文社　＃本書
〈絵本（ストーリー担当）〉
『アチャチャをつかまえろ！　ねつのはたらき』福音館書店

初出

「幸せという小鳥たち、希望という鳴き声」　ジャーロ78（2021年9月）号
「フーダニット・リセプション　名探偵粍島桁郎、虫に食われる」　ジャーロ79（2021年11月）号
「動くはずのない死体」　ジャーロ81（2022年3月）号
「悪運が来たりて笛を吹く」　ジャーロ82（2022年5月）号
「ロックトルーム・ブギーマン」　書下ろし

森川智喜（もりかわ・ともき）

1984年生まれ。京都大学理学部卒業。京都大学大学院理学研究科修士課程修了。京都大学推理小説研究会出身。2010年『キャットフード　名探偵三途川理と注文の多い館の殺人』でデビュー。'14年『スノーホワイト　名探偵三途川理と少女の鏡は千の目を持つ』で第14回本格ミステリ大賞を受賞。デビュー二作目での同賞受賞は史上初。

動《うご》くはずのない死体《したい》　森川智喜短編集《もりかわともきたんぺんしゅう》

2023年5月30日　初版1刷発行

著　者　森川智喜《もりかわともき》

発行者　三宅貴久

発行所　株式会社 光文社

〒112-8011　東京都文京区音羽1-16-6

電話　編　集　部　03-5395-8254

書籍販売部　03-5395-8116

業　務　部　03-5395-8125

URL　光　文　社　https://www.kobunsha.com/

組　版　萩原印刷

印刷所　堀内印刷

製本所　ナショナル製本

落丁・乱丁本は業務部へご連絡くだされば、お取り替えいたします。

ISBN978-4-334-91529-2